图书在版编目(CIP)数据

跟我一起看世界 中国地质大学(武汉)本科生短期访学纪行/中国地质大学(武汉)国际教育学院编.—武汉:中国地质大学出版社,2017.12
ISBN 978-7-5625-4133-2

Ⅰ.①跟…
Ⅱ.①中…
Ⅲ.①随笔-作品集-中国-当代
Ⅳ.①I267.1

中国版本图书馆CIP数据核字(2017)第289246号

| 跟我一起看世界 | 中国地质大学(武汉) | 编 |
| 中国地质大学(武汉)本科生短期访学纪行 | 国际教育学院 | |

| 责任编辑:彭 琳 | 责任校对:周 旭 |

出版发行:中国地质大学出版社(武汉市洪山区鲁磨路388号)
电   话:(027)67883511　　邮政编码:430074
传   真:67883580　　E-mail:cbb@cug.edu.cn
经   销:全国新华书店　　http://cugp.cug.edu.cn

开本:787毫米×960毫米 1/16　字数:196千字　印张:10
版次:2017年12月第1版　印次:2017年12月第1次印刷
印刷:武汉中远印务有限公司

ISBN 978-7-5625-4133-2　　定价:48.00元

如有印装质量问题请与印刷厂联系调换

《跟我一起看世界
中国地质大学(武汉)本科生短期访学纪行》

编委会

主　　任：马昌前

副 主 任：张立军　苏洪涛　范　铭

主　　编：宫斯宁

副 主 编：李雅莉

编　　委：郑适萌　罗文旭　章　娅　林　昇

前言

高等教育的国际化水平已经成为衡量高等教育发展水平的一项重要指标,实施国际化发展战略是高水平大学的必然选择。在高等教育国际化发展的浪潮中,拥有60多年辉煌历史、办学特色鲜明的中国地质大学,不断推进国际化进程,努力探索符合学校实际的国际化道路。"十一五"以来,学校认真学习和贯彻《国家中长期教育改革和发展规划纲要(2010—2020)》,以科学发展观统领学校国际化工作,结合学校"十二五"事业发展规划和"三步走"发展战略,推动国际合作交流与国际教育进一步向纵深发展,在建设地球科学领域世界一流大学的征程中迈出了坚实的步伐。

立足全球视野,积极实施国际化发展战略。学校把教育国际化工作摆在学校发展的突出战略位置,放眼全球,创新机制,初步形成了校党政领导挂帅、国际合作与交流部门归口管理、相关部门及各学院协同的有效工作机制和大外事工作格局,全面加快对外开放合作步伐,国际合作与交流成为在新的机遇下学校实现跨越式发展的"加速器"。

作为一所具有行业背景的大学,学校着眼于为我国矿产资源"走出去"战略和国家经济建设服务,对学校的教育国际化战略作了重要部署。2011年,在学校召开寒假工作布置会和新学年工作布置会上,校长王焰新正式提出将教育国际化战略作为学校五大发展战略之一。2012年5月2日,在成秋明教授当选国际数学地球科学协会主席庆祝会上,校长王焰新又进一步要求,必须坚定不移地加强国际合作与交流,努力通过国际交流与合作进一步促进创新文化的形成和发展。

学校在《"十二五"事业改革与发展总体规划》中,对国际合作交流与国际教育的主要任务、发展目标、实施举措及保障体系等作了明确规定,明确提出加快教育国际化进程、强化国际化意识、营造国际化氛围、实施国际化战略、不断扩大教育对外开放的指导思想,并在学生质量、科技创新能力、学科水平、校园环境、办学条件、管理水平等衡量学校水平的指标上都融入了国际化的要求,进一步明确了高等教育国际化的最终目标:培养具有国际意识、国际交往能力、国际竞争能力的人才,使之能立足本土,放眼世界,积极主动地参与国际竞争。

为鼓励学生广泛参加国际交流活动,学校于2014年1月设立了"大学生国际交流基金",积极搭建国际合作交流平台,组织在校大学生去与学校建立合作关系的大学访学,促进大学生国际交流活动的开展。同学们可以通过访学,提升专业能力,开拓国际视野,认识多元文化,建立与外界的联系。截止到2016年6月底,学校共有1000多名本科生得到"大学生国际交流基金"的资助,远赴欧洲、美洲、东南亚等17个国家和地区参加了海外短期访学、科研训练、专业实习以及国际会议等项目。

每一个国际交流项目的成功实施,都代表了学校在高等教育国际化进程中迈出的一步。为了集中展现大学生国际交流的成果,本书从近千篇大学生短期访学报告中精选出16篇呈现给读者,旨在从不同侧面展示大学生放眼世界的所思、所想、所闻、所见。每一篇访学报告都记录了同学们对专业知识、人文环境、各国文化的体会，也包含了青年学子们对知识的梳理与积累、对人文环境的洞察与理解、对各国文化的尊重与包容。他们在文中展现了博采众长、兼收并蓄的胸怀，也抒发了在异国他乡对祖国的崇敬和眷恋之情。

本书能得以出版，要感谢为本书策划、编撰付出了辛勤努力的工作人员。期望本书的出版对丰富和拓展学校的教育国际化内涵，对推进学校"双一流"建设发挥积极的作用。

中国地质大学（武汉）国际教育学院
2017 年 9 月

目 录

一场奇妙的寻矿之旅

　　——记2015年波兰克拉科夫AGH科技大学短期访学 … 刘雪嵘(1)

冬去经春夏未至,一月吹遍四季风

　　——记2016年罗马短期访学 ………………………… 盛　情(9)

在热带"屿"林淋场雨

　　——记2016年印度尼西亚大学短期访学…………… 何　琪(18)

浅谈澳大利亚艺术

　　——记2016年澳大利亚麦考瑞大学短期访学………… 初文辉(44)

春风得意马蹄急,一日看尽全北花

　　——记2016年寒假韩国全北国立大学短期访学……… 杜　鹃(48)

走进未知的世界

　　——记2014年密苏里大学大数据分析暑期体验项目… 汪晓楠(61)

绽放的盛夏

　　——记2015年布莱恩特大学短期访学………………… 杨劭晨(69)

我的枫叶国之旅

　　——记2015年加拿大滑铁卢大学短期访学…………… 常智俐(74)

体验与成长
　　——记2014年美国俄亥俄州立大学短期访学………… 刘维佳(87)
剑河之水,叹息之桥
　　——记2014年英国剑桥大学短期访学………… 李晶晶(94)
读万卷书,行万里路
　　——记2014年罗兰大学短期出国访学 ………… 王瑜卿(101)
巴黎印象
　　——记2014年法国IESEG管理学院短期访学……… 郑丽媛(109)
一场美丽的遇见
　　——记2014年台湾海洋大学访学 ……………… 钟未一(115)
一半海水,一半火焰
　　——记2015年北塞浦路斯英语夏令营访学 ………… 项忆文(127)
海纳百川,有容乃大
　　——记2016年寒假南洋理工大学短期访学 ………… 常　银(134)
漂洋过海来实习
　　——记2016年寒假澳大利亚悉尼大学短期访学 …… 陈　翔(140)

一场奇妙的寻矿之旅
——记2015年波兰克拉科夫AGH科技大学短期访学

工程学院　　刘雪嵘

　　一直想有个机会去接触国外的世界，于是常常关注国际教育学院的访学消息，但一直没有寻找到合适的项目。在波兰访学这个项目出来时，我立刻被这个项目的内容吸引住：Summer School of Mining Engineering，关于各种矿业知识的讲座，去欧洲第二的铜业公司KGHM公司实习……我的专业是安全工程，而矿业安全在安全工程中的地位不可小觑，因此对我来说这是一个非常难得的机会，于是，我果断提交了申请书。由于申请人数未满10人，因此这次出行没有老师带队，只能自力更生了。在出国前，我们就开始了这次访学的锻炼。

　　大一时我没有申请迁户口，户口依然在新疆。不过在群里同学的指导下，护照的办理还算顺利，然后接下来就是签证。对签证一无所知的我，在网上查各种资料，了解相关信息，还向有经验的学姐请教。欧洲签证资料较多且繁琐，为准备好各种签证材料，家人在老家也为我做了不少辅助工作。在旅行社的指导下，我们预约大使馆办理签证手续（波兰办理签证需要本人面交材料），坐火车到北京。在大使馆门外等候的时候，我的内心充满了各种复杂的情绪：兴奋、新奇、感动……出来后松了一口气，感觉自己离远方的世界又近了一步。不久后，旅行社传来消息，签证下来了，我们发自内心的开心。

　　购买机票，兑换货币，订当地酒店，买电话卡，每个环节的工作都需要

跟我一起看世界 中国地质大学(武汉)本科生短期访学纪行

准备。7月3日到达波兰首都华沙后,我们准备乘火车去克拉科夫,但是售票处没有说英文的工作人员,只好在4号拿着行李箱又返回酒店,最后还是当地中餐馆的老板帮助我们买了5号去克拉科夫的火车票。

特别值得一提的就是我们一行人从北京出发,自己看着地图一步步找到学校,真是一次很难忘的体验。

课程及实习

课程实验安排均在克拉科夫AGH科技大学内,技术参观的各类矿区在克拉科夫周边,KGHM国际公司则在波兰与德国的边境城市Lubin及周边地区。

上课遇到的第一个困难就是语言。我从未接触过全英文的教学模式,而且,毕竟波兰也不是以英语为母语的国家,有的老师多少会带口音,刚开始上课时即使投入百分之一百二的精力,打开手机词典放在一边,边记笔记边查单词,但还是有些地方晕晕乎乎,搞不清楚。

水文学实验室里老师介绍仪器用法

通风实验室里的各种通风设备

第二个困难就是内容了。开始几天上课的时候,我们发现,每次在课堂上,无论老师提问与否,外国同学总是积极地回答,主动地举手提问,但是我们就仅仅是接收老师传递给我们的信息,给不出反馈。课间休息交流的时候,我们才了解到原来他们大部分都主修矿业安全,不仅学习过相关的知识,有的还下过矿井,对波兰的矿业现状多少有点了解,所以才能在老师介绍波兰矿业发展现状时不断地进行比较,提出问题,解决自己的疑惑。记得有次老师问中国最深的矿井有多少米时,我们竟没有一人能说出来,感觉十分惭愧。

我们在水文学实验室、通风实验室参观了国外的仪器,或许以后回国,我可以再去了解国内的仪器,然后进行国内外仪器比较研究。

室外的爆破实验

第一次下矿的全体留影

(自己亲手安置炸药的感觉真微妙)

这个项目的亮点大概就是我们可以真正地走进矿中,7月7日我们第一次内心忐忑地来到 Mine Pomorzany 地下铅锌矿。这个矿不是很深,所以我们穿简易的一次性矿工服,带上携带的设备,就可以直接坐车进去了。矿下就像是另一个世界,没有白昼,只有头灯,在头灯的光束下,我们走过很多矿洞,看到大机器在地下采矿,看见铅锌矿在灯下闪闪发光,还

跟我一起看世界 中国地质大学(武汉)本科生短期访学纪行

石灰石露天矿的加工车间

看见矿洞中像瀑布一样的水从岩壁上喷出……时刻充满惊喜。

之后我们又去了露天矿,了解了 Mine Czatkowice 运作的整个流程:从露天矿采石到运输到百米外的碾碎机器,再运输到分开的砂砾石车间、石灰石车间等,最后研磨成石灰粉装袋。

印象最深刻的就是 Mine Ziemowit 公司。我觉得这是我们在克拉科夫期间去过的最好的公司,它拥有整洁的工作环境、人性化的设施,还特别重视公司历史的呈

Mine Ziemowit 的接待室里陈列各式各样纪念品

现。如果我是一名矿业工程的学生,一定会申请这家公司的职位。

在KGHM公司,同样地我们顺着铜的开采、加工等一整个流程参观学习,了解了许多矿业知识。

20多天很快就过去,告别了老师和其他国家的小伙伴,我们和智利同学一行5人开始中欧之旅。

文化体验

班级同学一共15人,分别来自俄罗斯、荷兰、智利、中国。在实习的时候还有两个波兰的学生加入。我们在这一段时间建立了深厚的友谊。每天下午,我们结伴出去参观景点;周五晚上我们在宿舍里做饭狂欢;周末我们一起去维利奇卡盐矿和奥斯维辛集中营,也会一起去商场疯狂购物。每天有说不完的话,聊自己的国家,聊对方的国家。课程结束后,我们还和智利同学一起游玩捷克、德国。不仅收获了知识,还收获了跨越时差、跨越国界的友谊。

维利奇卡盐矿中的小广场

跟我一起看世界 中国地质大学(武汉)本科生短期访学纪行

伟大的音乐家肖邦生于波兰,所以在波兰有很多关于肖邦专场的演奏会,在首都华沙更是有肖邦博物馆、肖邦公园,以及圣十字大教堂(肖邦的心脏埋葬于此)。在这样充满音乐艺术气息的国度里生活,才更能激发人们的艺术细胞。

心得

感谢学校为我们提供这样的学习机会。第一次出国的经历,对我来说是非常珍贵的。在这次游学中我不仅得到了锻炼,开阔了眼界,还体验到了人生中特别的"第一次"。我希望以后还能争取到这样的学习机会,感受更多不同的文化,努力拓展自己的思维方式,为祖国的经济发展、人文素质的提高尽自己的绵薄之力。

毕业证书

冬去经春夏未至,一月吹遍四季风
——记2016年罗马短期访学

艺术与传媒学院　盛　情

冬天来临的时候突然决定要往欧洲去,匆匆作了决定,收拾起了行囊,一入深冬便一头扎进了罗马的暖风里。

罗马是不下雪的,即使是冬天,也还保持着春天的姿态。我曾期望在欧洲看一场大雪,不想却是吹了半日和风。踏在罗马的小径上,一路走,野草长得杂乱,野花开了几朵,倒还小巧可爱。

古罗马广场遗址

跟我一起看世界 中国地质大学(武汉)本科生短期访学纪行

罗马很"旧",旧的房屋、神庙、街巷,连道路旁种的松都与别处不同,站得笔挺,顶端却一团绿,颇有些旧贵族的傲气。在罗马稍待了几日,知名的、不知名的建筑也看了好些,听过的、没听过的名作也赏了不少,走过西班牙广场,也登过千泉宫,还在少女泉前观望了好一会儿。在优雅浪漫的地方,古街、古城、古泉,天地不大,倒让人很愿意在此老去。

地中海风光

抵达冬日的意大利,却像见证了一个春天。在罗马的古迹间漫步,也目见梵蒂冈的别样色彩,甚至还在雨中的米兰感受了一场时尚与古典的碰撞。汽车驶过白天,也驶过黑夜,穿过意法国境线,还顺路去了趟摩纳哥。没见到王妃,却在夜间自王室高地处俯瞰了摩纳哥一片墨蓝的海。

我们从尼斯的阳光中醒来,踩着灰白的卵石,沿着海岸线行走。深碧

冬去经春夏未至,一月吹遍四季风——记2016年罗马短期访学

的棕榈,微咸的海风,海天一色,空中还翱翔着雪白的鸥,这分明是法国的冬天,却又似夏天。尼斯的热情,全部都融在了金色的阳光里,蓝色的地中海海面上铺满了金色的阳光,像极了情人的眼眸,只一瞥,便暖进了心里。尼斯的色彩太纯净,白就白到底,蓝就蓝到底,也许神把调色盘落在了这里,才使得这里时刻色彩满溢。

走过尼斯的卵石沙滩,踩上戛纳的绵软海

法国尼斯街景

沙,每一步都小心翼翼,沙面上海鸥的脚印还清晰可辨,一路吹着海风,看蔚蓝的海,也看无云的天,海边还停靠着白色的小船,这分明是油画般的美。

我们走进阿尔勒,追寻凡高的踪迹,还兴致勃勃地去看白日的"夜间咖啡馆",除了凡高不再出现,那里的一切都不曾变过。我们亦偷偷地溜到马赛,在紧张的氛围里看古老的码头。我们还踏入了塞尚的故居,看看他曾画过的苹果,也踩着细小的卵石,在他故居的窗前看阳光斑驳。我们走在旧时的小径,看他们看过的风光,仿佛时间会瞬间错乱,带我们回到他们走过的地方。犹记得那时夕阳西斜,我们还透过枝桠看到了一次绚丽的黄昏。

跟我一起看世界 中国地质大学(武汉)本科生短期访学纪行

我们在年夜之前抵达了巴塞罗那,不冷不热的风吹过,像是吹来一个秋天。皇宫前有着乱飞的鸽子,广场边还开着细碎的小花。穿过静谧的小路,却看了一场奥林匹克公园前的日落。还曾听唱诗班唱着千年之前的圣歌,望着花窗玻璃投下来的七彩光。神像是极眷顾这里,于是便有了高迪,借他之身用了"上帝之手",在这里投下无数奇迹。

我们走过马德里,走过毕尔巴鄂,一路看白云成山,蓝天为海,在白日看肥肥的小鸟蹲在戈雅的肩头,也在傍晚看古根海姆美术馆前水波粼粼。行程匆匆,便看哪里都有些贪婪,想把走过的、听过的、见过的通通装进脑中,哪里都不愿错过。

穿过西班牙,又折回法国。此时夏天之感已散去了,春日来了,竟还像是冬天,甚至下起了冷雨,风一吹,便是料峭的寒意,好一个四季轮回。我们深冬里来,吹过春风,晒过夏日,淋过秋雨,兜兜转转,又转回了冬天。

法国巴黎艾菲尔铁塔

抵达巴黎,已是近那日傍晚了,埃菲尔铁塔上亮起了灯,往时只见过网络图册里的铁塔,不想亲眼见到,倒觉得似比白日里更美上几分。直至晚间8点,铁塔之上的灯便闪烁起来,远远望去,竟如一片星河。忘了那天夜晚究竟还做了些什么,只记得眼中所见那一片光,即是如此,也当真不负此行。

走过香榭丽舍大道,穿过凯旋门,阳光曾短暂地透过厚实的云层洒落到地面上,初春的枝桠还没来得及长出新芽,心里却早有种子被巴黎的暖阳照得悄悄开出了花。

穿过拥挤的人群,我们在卢浮宫里漫步,看玻璃金字塔。透过人群,我们看蒙娜丽莎在展厅中央微笑,也看提香画的女体在壁上展现她的曼妙光华。我曾读过《达·芬奇密码》,书里呈现了一桩来自卢浮宫的惊天大案,案情诡秘,令人恐惧,却也充满使人详读的魔力。我也曾不止一次地在幻想中走进卢浮宫,也许在画者眼中,它便是有这样的魅力,幸运得此机会,能让我走进这里,详览卢浮之美。

我是略学过一点法语的,早先总想着有一日要来到这浪漫的国度,只是所学仅是皮毛,加之远离故土总有些羞怯,也并没有太多机会让我一展所学。反倒是热情的法国人,很愿意用中文同人交流,倒让我这异乡人在这阴雨连绵的巴黎心生些许暖意。

我们在阳光灿烂的日子离开巴黎,去往布鲁塞尔,那是一个甜蜜的地方,何况,那里还曾出现过一个名为席慕蓉的诗人、画家。我已不大记得有关她的故事,只依稀记得她在比利时与她先生相遇,其余的,我却只记得她还画过马蹄甲。不知那是一种怎样难画的花,曾让她百般苦恼,近画也不是,远画也不是,她也叹:"一朵一朵地画起来,怎么样也不像原来的那棵树,但是,假如只用深深浅浅的色点来表现的话,又觉得不甘心,因为它原来的花朵那样秀美细致,实在是不能只用一些色点来形容就算了的。"我在旧时曾读过她的诗,她那字里行间有关于布鲁塞尔的印记,于

跟我一起看世界 中国地质大学(武汉)本科生短期访学纪行

是,我有关这里的最初记忆来源于她,她的文字让我深深记住这个地方,这大概也能算是一个回忆之地。

慕尼黑皇宫

离开比利时,一路踏着雪色,我们往德国去。我总觉得德国是个严肃的国家,没由来的,直到我在法兰克福看见铁桥之上的无数同心锁,看见宁芬堡前悠闲的天鹅与其他水鸟,听见桥上流浪乐手悠扬的乐声,一改最初的印象,这里实在是个温情的地方。

我们走到慕尼黑,却没有看见期待的大雪,早先的雪已然是化了,只是天还是那样冷,也许柏林还飘着大雪?我不清楚。一路冷风不停地吹,我们沿着阿尔卑斯山脉回意大利,终于在路旁林间看见零星的雪,越往前雪越厚,直到博尔扎诺,终于看见梦中的那座雪山,那片洁白的雪原。

天高地阔,雪山巍峨,我走在快要没膝的雪地里,抓一把晶莹,往空中撒去,已顾不得凉意了,南方的姑娘怎能不爱上这一片白。阳光很好,雪却没融,远处是三三两两的滑雪者,近处却是欢笑的我们,这意大利的雪,带我们重回了冬天。

冬去经春夏未至，一月吹遍四季风——记2016年罗马短期访学

高速公路两边的阿尔卑斯山

意大利雪景

意大利街边各种饰品

离开博尔扎诺的大雪,我们走进威尼斯的艳阳下。登上雪白的游船,看船破开海面,留下一道长长的水痕,还有海鸥从头顶飞过。威尼斯,水上明珠,原来是这样的明媚灿烂。贡多拉在水巷里摇摇摆摆,穿过小道,还能亲望叹息桥,它这样美,终是让人忍不住叹息。威尼斯的阳光很热烈,尼斯也是这样,只是尼斯尚有些温婉的气息,这里却是极热情的。道上的小店里挂满了精美的面具,穿着华服的女郎在路旁轻摇着羽扇,眼波流转。我们一路走,去看伽利略发明出天文望远镜的钟楼,也看那号称世界上最古老的图书馆,只是,这里的小径仿佛蛛网错落,一进去,便如同进了迷宫,因而我也只敢在海岸边、广场上走走了。

绕了一大圈,看过不同的风景,我们终是回了意大利。看过威尼斯,又去佛罗伦萨,去看宏丽的百花大教堂,也看金碧辉煌的天堂之门,还穿过小巷去看但丁的故居,这里诞生了那么多艺术巨匠,而我也到了这里,兴许也走过了他们走过之路。

威尼斯

我们走过锡耶纳,走过坎波广场,那里十分安静,街巷既陡又窄,红与黄的交错,那是独属锡耶纳的色彩。

我们沿台伯河出发,回罗马去。再回到这个地方,心境已是不同了,尽管还能在高地上俯瞰罗马,尽管这里开满鲜花,尽管这里碧空如洗,却还是无法阻止归途的脚步。我想慢慢地看,看阳光下新熟的橙,看石缝间的野花,看仙人掌结出艳红的果,看教堂的顶,听报时的钟。我还没有看够,只恨自己无法多长一双眼,无法将这美景都看全。

我从冬日里离开,在春日里回来,我珍惜我所有,也怀恋我所见,只愿沾一笔虹彩,绘尽记忆之美态。

跟我一起看世界 中国地质大学(武汉)本科生短期访学纪行

在热带"屿"林淋场雨

——记2016年印度尼西亚大学短期访学

珠宝学院 何琪

大海里的星辰

很久以前就有了出国去转转的想法,想着如果有机会,我一定要去到地图上那些触手可及的地方。所以当我看到关于印度尼西亚大学访学的增补名额时,几乎是在5秒之内,就作了这个重要的决定。

我和一些朋友说,我要去印尼了,有人表示不理解。为什么要去印尼这个发展中国家呢?关于发达国家的传说,我们都听过太多太多,但世界上其实有很多不可思议的地方,印尼就是其中之一。在出发之前,我花了一个下午的时间大致浏览了《印度尼西亚概论》和《印度尼西亚社会概况和投资环境》,去了解这个"坐地日行八万里"的国家。合上书那一刻的向往之情犹记,殊不知白驹过隙,如今我已经坐在去往雅加达的航班上了。

有人和我说过,夜班飞机很让人绝望。苍茫夜空,四周死寂,除了飞机与气流轰轰的摩擦声,感觉不到时间和空间,下看不到地,上看不到星,你不知道你要飞向哪里,只是漫无目的地在云端穿行。在经历了这一切心理和生理上的不适后,才让我感到无比的惊喜。渐渐地印度尼西亚海域上的无数灯火,从窗弦处渐渐浮现……书里说印度尼西亚群岛是赤道上的珍珠,但那一晚当我看到它的第一眼不由在心中惊叹:散落在大海里的星辰！

一出机舱门，一股小时候在东北大澡堂里蒸桑拿的味道扑面而来，这童年的感觉，瞬间增添我对这个地方的亲切感。过关的时候，和当地海关几番周折才免去了所谓的签证费。虽说印尼对中国免签，但这种向中国游客索要签证费的行为

印度尼西亚上空万家灯火

也是司空见惯。当海关得知我们是过来学习的学生时，终于不再刁难，也露出了友好的笑容。但在一片混乱中，另一名在我们前面过关的游客的笑声和喧哗引来海关的不满，他一脸严肃地问我："Is he your friend?（他是你朋友?）"我愣了一下，怕他会刁难我的同胞，所以很肯定地说："Yes，we're friend。"(是，我们是朋友)但他仍然狐疑地想了下："No, you're not friend. You lie to me."(不，你们不是，你对我撒谎)他最后把盖好章的护照递给我时，眼神里的怒气让我很愧疚，好像友好的氛围因为这一个善意的谎言变得异常尴尬。我拿着护照一直在想，也许是网上接收的关于过关的负面消息太多，所以才让我格外警惕。也许多些真诚，事情不会那么糟。

最后，经历了一路囧途中的种种"磨难"后终于见到了在印尼认识的第一个朋友——Rizca。这个漂亮可爱的印尼女孩，用一口流利的英语告诉我们，她也用我们的微信，因为她在去韩国做交换生的时候认识了一些中国朋友。她迅速地滑动着她的朋友圈界面，摇摇头很无奈地说着："他们发的东西我都看不懂，所以这个软件我从来不打开。"

跟我一起看世界 中国地质大学(武汉)本科生短期访学纪行

校车来的时候,外面已经开始下起了绵绵小雨。身处赤道,印尼属典型的热带雨林气候,没有四季,一年只有旱、雨两季,全年有一半的时间都在下雨。这样独特的气味果然在我们来的第一天就见识到了。接下来当我们洗去一身风尘,终于在当地时间凌晨两点多躺在床上准备迎接一场异国之梦时,窗外淅淅沥沥的雨声也悄然进入了我们的梦里……赤道的雨,你在无数次降临这片海域时,是否不小心将天上的星辰也带落凡间?它们隐没了光亮,只有在夜幕降临后,才从海底缓缓升起……

黑暗里的圣歌

记得电影《深夜前的五分钟》里,男主总是戴着一块比北京时间快5分钟的手表,好像自己生活在比别人早5分钟的时空里。印尼地跨东七到东九3个时区,全国采用东八区时间,比中国慢1小时。从北半球的零下温度,到南半球的零上30℃,已经是空间上难以言喻的穿越。舟车劳顿后,居然发现自己多出了1小时的时间休息,更是怀疑自己是否真的在云端穿行时误入了时空隧道。

在莫名多出的1小时里,我们都将不快丢弃在第一场梦里任赤道的雨冲刷干净。于是在南半球的曙光里享用了别样的早餐——虾片。虾片是属于我小学时的记忆。那时候嫌弃学校的伙食不好,小学周边的小区里有许多阿姨会在自己家里开设"小饭桌",招揽学生过来享用午餐,每月收取一定金额的餐费。虾片总是最受我们欢迎的美食。弯曲的虾片像荷叶,和着香喷喷的饭菜送入口中的感觉永远都忘不掉。虽然之后偶尔看到超市里有卖的,但那种和一屋子小朋友七嘴八舌争着向阿姨多要虾片的感觉,却再也找不回来。没想到如今早已过了贪嘴的年龄,却在异国他乡勾起了儿时的回忆。接待我们的男生Vicky告诉我们,虾片在印尼是很有名、很常见的食物,这一点我们在之后的每一餐里都深有体会。各种形状,各种颜色,各种吃法,可比小时候的丰盛多了,甚至在泡面里都可以尝到它融化在汤里的独特口感。印尼人对牛奶的喝法也令我大开味蕾。Vicky让我们尝试把"巧克力蝦片"放入牛奶中。请原谅我给它取的名字,因为作为一个中国人,实在对印尼名字不敏感。这种食物是巧克力味的,跟蝦片的做法和口感应该是一样的,只不过形状上小得多,也许是要放入杯中的缘故吧。

第一顿早餐就让我们感受到了饮食上的差异。昨日的身心疲惫没能让我们在雨夜里看清这个地方,于是从乘车开始,我们对这里的一切才逐渐清晰。初来乍到的我们没有当地手机卡和可流通的货币寸步难行,Vicky、Rizca、Stela叫来了两辆"印尼优步",带我们去兑换印尼盾和购买手机卡。来之前听说这边取款手续费会很贵,所以特意去银行兑换了100美元方便兑换现金。

100美金兑换的印尼盾

但没想到和大家的兑换方式对比之后才发现,我选择了最不划算的一种方法。不知是不是去的兑换中心比较贵,总之用美元兑换居然比直接用人民币兑换或者银联取款都要贵。不过用一张百元美金,换来一沓1 378 000印尼盾的感觉,盖过了这样的不平衡感,毕竟现在已经是百万富翁了。

虽说印尼语和英语属同一语系,部分单词发音也相同,但多数印尼人是不会说英文的,所以买起东西来交流十分困难。点餐的时间比吃饭的时间还要长。幸好 Vicky 在一旁中、英、印三语转换,终于让我吃上了一碗"印尼热干面"。离开武汉之前的最后一餐,我吃的就是热干面。因为想着一离开就会有很长一段时间吃不到这喜欢的味道了,所以当我将这"印尼热干面"放入口中时,那甜甜的感觉立即让我感到无比亲切。

不过还是感谢 Vicky 耐心地为我们翻译,推荐各种我们需要的东西。可能因为接受过韩式教育的原因,他总是习惯性地身体前倾以示尊敬。当他理解不了我们的意思时,会摸摸头很真诚地说对不起,当终于想明白时又会恍然大悟般"哎哟～"着表示理解。这个比我小 1 岁的男孩子整个下午都陪我们穿梭在德波最大的商圈里,不知疲惫地为我们寻找着他最喜欢吃的泡面、最爱喝的咖啡……

在我们终于用上了印尼的电话卡后,便搭乘"印尼优步"返回。来回乘坐的"印尼优步"车型和中国的小越野类似,不同之处在于中国的是限 5 个人坐的车型,而印尼的后面没有保留后备箱的空间,设有两排座,可乘坐 8 人。于是我们 6 个人挤在车内狭小的空间里,看着司机师傅在没有红绿灯的拥挤道路上被一辆辆摩托车超越,中途遇到指挥交通的"民间交警"时还会把手伸出窗外递上硬币。在来时我就注意到这个举动,起初我以为是司机和车外的人熟识,只是碰巧要给他什么东西,直到第二次我看到车外的人展开的手心里有一枚亮闪闪的硬币时,才恍然大悟。由于印尼的道路狭窄,且很少设置信号灯,所以一些没有工作的人就会在道路上指挥车辆,并索要少许报酬。

这一天是属于我们的自由活动时间,所以晚餐需要自己解决。我们想着可以顺便出去逛逛,就在夜幕降临后结伴出门觅食。不过刚走出校门,6 个人就心生胆怯。弯曲的道路没有任何的路灯或车道标志,只能看到远方无止境的黄色车伴随着隆隆声越发刺眼,最后在跟前飞驰而过,再逐渐消失在浓浓的黑夜中。我没有见过如此惊心动魄的街道,连彼此正常说话的声音都听不清,让人觉得交通意外与自己的距离这么近。在我们鼓起勇气沿着没有人行道的路走出几十米后,终于无功而返。这一刻,我想我看到前方向我扑来的点点光亮,不会再是星辰了。

饿着肚子拿着下午买的泡面去接热水,回来时站在走廊尽头,看着不远处家家户户的灯光,黑暗处此起彼伏的歌声不绝于耳。闭上双眼,静静聆听,原来,有一种虔诚,在你看不见的地方,有一种信仰,在你到不了的天堂。有一种圣歌,即使你没有虔诚的信仰,也足以让你在黑暗中驻足,感受它安宁的力量。

访学课程的第一天从一场清晨的雨开始。经过日式教学楼的长廊时,听见雨水砸在屋顶的声音,再看看校园里茂盛的植物,就连绿萝的颜色也非常亮丽。远远看到前面的同学们在一处驻足,我也挤上前去想一探究竟。以红色为主色调的宣传板上,一对身着红色唐装的Q版童男童女相望,下面是剪纸风格的红色中国古典建筑,中间几行卡通体英文写着"Short Course China Univercity of Geosciences,P. R. T"(中国地质大学短期课程)。开幕式还未开始,就被这用心的海报设计感动到了,没想到进入教室后更是倍感温暖。每个人的座位上都整齐地摆放着印有印尼大学校徽的黄色纸袋,外面挂着写有我们中英文名字的牌子,里面是行程册、笔记本、圆珠笔,还有一件崭新的文化衫。在这之前我对各种文化衫的印象,就是印着简单文字的T恤(T-shirt),所以这件印尼大学为本次访学精心设计图案的文化衫,确实惊艳了我。这一系列的惊喜将连日阴

跟我一起看世界 中国地质大学(武汉)本科生短期访学纪行

雨带来的不适一扫而空,"宾至如归"四字,在这里有了最好的诠释。

简单的开幕式后,一位看上去与中国人无异的讲师为我们简单讲解了印尼文化和社会概况。幸好之前有了解过印尼的概况,所以第一次接触带印尼口音的全英文演讲时不是很吃力。印尼是实际拥有超过17 000个岛屿的"千岛之国",主要有五大岛屿:加里曼丹、苏门答腊、伊里安、苏拉威西和爪哇。其中爪哇岛是印尼人口最密集也是最发达的岛屿,印尼大学所在的德波就是位于西爪哇岛西北部与首都雅加达毗邻的城市。印尼因其地理因素,

印尼大学为此次访学设计的宣传板

土地被大海分割开来,所以有1000多个民族,700多种语言。随着官方语言印度尼西亚语的普及,很多语言已逐渐消失,有些语言甚至只有一个人会说。在最后的提问环节,我们讨论了一个文化差异问题。抚摸小孩子的头顶在中国是很普遍的现象,但在印尼却是很不礼貌的行为。了解之后才猛然想起昨日在商场里看到很多印尼的小孩很可爱,当时真的有一种"乖~摸摸头"的冲动。不敢想象如果真的那样做了会有什么样的后果,以后更是不敢尝试。演讲结束后,讲师告诉我们他的祖先来自中国福建,他是第九代华裔,不过现在已经不会说中国话了。惊异的同时我们一阵感慨,千百年前漂洋过海,时过境迁,不知道他们是否还与我们血脉相连?

在热带"屿"林淋场雨——记2016年印度尼西亚大学短期访学

印尼传统建筑

经过印尼文化的洗礼,我们乘坐校车在这所被称为"小森林"的校园里缓缓前行。华裔女孩Vania中英文并用为我们介绍沿途的风景。没错,是风景。刚刚下过的雨水还残留在玻璃窗上,透过清亮的水珠看去,除了椰子树外,还有各种叫不出名字的热带植物,茂盛地生长在蜿蜒的小路两旁,仿瓦式的红色倾斜屋顶建筑隐于绿茵之间,河流连接五湖,流淌在这徒步3小时才能逛完的校园里。

沿着两旁笔直高耸的椰子树,校车驶出了印尼大学白色大门,开往Taman Mini(缩影公园)——印尼微缩公园。远远地看着那两个白色三角形石碑,上面印着的黑色字"Universitas Indonesia(印尼大学)"逐渐模糊……这不加任何修饰的白色大门让我几次经过时都忽视了它,相比于之前看到的任何一所大学的宏伟大门,它实在是低调得难以置信。一路

跟我一起看世界　中国地质大学(武汉)本科生短期访学纪行

上尽管路途颠簸我们也全无睡意,一直好奇地望着窗外,捕捉一切新鲜的事物,一栋栋风格各异的建筑在窗外变换令我应接不暇。Taman Mini 是位于雅加达的一个关于印尼各民族、各宗教、各时代建筑的微缩公园,其中也有其他国家的著名建筑,比如中国的天坛。有些建筑内有印尼文化民俗的博物馆,展示了各民族的服饰、乐器、习俗等。在空中缆车上俯瞰 Taman Mini,下面的湖是一幅微缩的印尼地图。正想探出窗外仔细观赏,天空又是阴雨密布,雨丝漂浮,只得关上窗户静静欣赏这雨中的"千岛之国"。

俯瞰印尼微缩地图人工景观

也就坐一趟缆车的时间,雨就停了,热带雨林真是让人捉摸不定。下来后我们在路边买了新鲜的椰子,算下来只要 7 元人民币左右。两个人喝完椰汁舍不得扔,就让卖椰子的伯伯把椰子劈成两半,一人手里捧一半沉甸甸的椰子,像是捧着这一天里所获的珍宝满载而归,引来无数路人注视。

在热带"屿"林淋场雨——记2016年印度尼西亚大学短期访学

遗忘时光

在来印尼之前,我已经很长一段时间不喝咖啡了。记得疯狂喝咖啡的时候,还是在高三奋斗的无数个痛苦的夜晚。所以咖啡带给我的,并不是什么美好的回忆。不过来印尼怎么能不喝咖啡呢?之前我站在摆满琳琅满目的咖啡货架前,出于女人购物的天性选购了大把的速溶咖啡,但我依然比较倾向于现磨现泡的咖啡。

我们所住的旅馆提供免费的自助早餐,饮品的其中一种,就是这种现磨的咖啡粉。一碗棕黑色的咖啡粉,舀上一匙,热水冲泡,不加奶、糖,不经过滤,慢慢搅匀,在冷却的过程中等它渐渐沉淀……这样的咖

印尼原磨咖啡

啡滑入口中,尽管苦涩,却是咖啡最原始的味道,在快见底时还会残留不溶的咖啡渣。不知是不是这样的咖啡更有提神的作用,这一天我漫步在雅加达,居然一直精神亢奋。

从德波到雅加达大约1小时的车程,进入这个印尼最繁华的城市,也许并不觉得它和中国的发达城市有多大区别。没有太多的交通信号,但也井然有序;没有高楼林立,但每一栋建筑都有独特的味道。天空蓝得澄澈,阳光更加炽热。

这一天,是我们来到印尼后的第一个晴天。顶着烈日来到雅加达的

跟我一起看世界 中国地质大学(武汉)本科生短期访学纪行

雅加达街边建筑　　　　　　　导游在雅加达博物馆讲解印尼文化

博物馆,了解了印尼的宗教、民族文化和发展历史。走进大厅,大大小小近百座石雕就那样毫无防护措施地露天摆放,任凭游客触摸,有些已经残蚀严重。听说他们有的还是来自八、九世纪的石雕,不禁想到若是同样的文物出现在中国,恐怕只能隔着玻璃远远地看了。其中有一座石雕让人印象深刻,因为这些日子里它经常出现在我的视野里,它就是 Gala(这是他的印尼名字)。Gala 是印度教的一种神兽,面目狰狞可怖,双眼突出,瞪得很大,常用来雕刻成各种石雕、木雕放在门上方中央处。其作用估计和中国传统春节习俗中的门神类似,都是用以辟邪的。在博物馆里了解了 Gala 的传说后才猛然想起昨日在 Taman Mini(缩影公园)看的第一个建筑就是印度教风格的,门上也雕有 Gala 神兽。

　　传统的文化具有一种神秘感,因为太遥远。而近代历史更具有震撼力,因为有据可考,真真切切。置身雅加达的中心广场,让人思绪迷乱。

我没读过印尼的历史,但听导游的讲解了解到,印尼曾经遭受过荷兰很长一段时期的殖民统治,在1942—1945年又被日本占领。而这个政府不仅仅用于办公,还关押犯人,在广场的一侧是执行死刑的地方。联想中国的近代史,想必这里也同样发生过许多不幸。帝国主义枪炮下的冤魂英魄,要经历多少次今日这般的阳光照耀,才能得以超度?

心情还未完全平复,我们又进入了另一个沉重的地方——雅加达银行博物馆。这也是荷兰殖民时期的最大贸易银行的旧址。这所银行是由一所医院改建而成,更多用来进行烟草、香料等国际贸易。入口进去便能看到旧时一间间铁栏围起来的交易室,封闭的气氛让我起初以为它是监狱里的探监室。现在这所银行已经被改造成一所博物馆,里面保存了印尼货币的演变历史,从木头、王后织的布料、金子等制成的货币,再到各时期发行的纸币。其中有一个时期的货币引起了我的注意,因为它只有一半。据说是因为当时政府颁布了一项政策,货币可以撕成两半用,一半等于货币总面值的一半。不过后来由于这项政策会引起货币流通混乱,就被取消了。于是就留下了这些只有一半的纸币在博物馆里供后人观赏。

从博物馆出来,太阳已经不那么耀眼了。印尼大学的志愿者们看我们一个个尽显疲态,询问我们最后唐人街的活动还要不要继续。但在这异国他乡,任何人一旦听到任何关于故乡的信息,恐怕都会激动不已。所以我们还是兴致勃勃地决定前往。一行人有说有笑,队伍拉得很长,为本来就很拥堵的印尼交通带来了麻烦。之前就发现印尼人过马路时都会伸出一只手呈阻挡状示意来车,这个动作仿佛具有魔力一般,来车看到这个动作便会放慢速度甚至停车让行。后来观察多了慢慢发现,这是因为印尼不完善的交通体系,没有足够的红绿灯,行人只有用这样的方式过马路。今天我们终于也尝试了一把"印尼式过马路",学着这个动作给车"施魔法"。

一路走来,两旁店铺上的中文渐渐多了起来,各种小商品一看就是

跟我一起看世界 中国地质大学(武汉)本科生短期访学纪行

雅加达银行博物馆里可撕成两半用的货币

"Made in China"(中国制造)。Vania告诉我很多印尼商贩会去中国的义乌进货,所以义乌那边的中国商贩也有很多会说印尼语的。这时候我才真实地体会到义乌也是个国际化城市。接着迎面走来越来越多的中国面孔,感觉唐人街似乎近了。这时我们在一处中国式瓦房门口驻足,导游指着红色屋顶中间摆放的一个陶罐,试图告诉我们它的作用。但我们听了半天也不是很懂她的意思,最后在Vania的帮助下才明白。原来这个陶罐是用来辟邪的,大概住在印尼的中国人相信把它放在大门屋顶上方可以吸收邪气,保一家平安。在这里经过一番对陶罐的研究后,大家才意识到,原来我们已经身处唐人街之中了。沿路还有很多古老的中式建筑,不过大多看起来都是很久无人居住的了。行走在这个曾经被历史的火焰吞

在热带"屿"林淋场雨——记2016年印度尼西亚大学短期访学

噬过的地方,面对金碧辉煌的佛教寺庙,里面参拜的信徒,是在为无辜的逝者祈求来世吗?仅仅带着好奇的心情,我踏进了这座唐人街里的小寺庙。门口装修工人还在修筑新的香台,在浓郁的香味包裹下,我匆匆浏览了一番。出来之后我们在门口遇到很多华人,他们大多来自福建一带,容颜已老,乡音未改。

原来唐人街是这样一个让人感到心情沉重的地方。狭窄脏乱的街道,两旁水沟的臭气从石板的缝隙中扩散。我小心

雅加达唐人街 窗户严密的历史建筑

地躲避着随时可能从路口蹿出的摩托车,看着路旁很多摊贩售卖春节的对联、红包、福字和一排排颜色鲜红的衣服。在中国我们已经不再严格遵循过年穿红衣服的习俗,而印尼华人却将这种习俗从遥远的过去延续到现在,也很有可能一直延续到遥远的未来。面对着满眼和自己相似面孔的人,好熟悉,但他们可能一辈子都回不去故土,他们的后人也将世世代代在这片不属于他们的土地上扎根,好陌生。就像Vania,她会一遍遍纠正不明真相的人:"我不是中国人,我是印尼人,但我是华人。"

1小时的车程堵成了两小时,在回去的路上我充分领略了这个堵车最严重的城市的交通盛况。还好一路上我们欢歌笑语,聊得不亦乐乎,好像忘记了白天的一切沉重。那些该遗忘的,就全部丢弃在逐渐遗忘的时光里,该铭记的,就不要掺杂任何负面情绪,镌刻在永恒的记忆里吧!

跟我一起看世界 中国地质大学(武汉)本科生短期访学纪行

落地生花

推开房门,一室旖旎。延续了昨日难得的阳光普照,在印尼的第二个晴天就这样开始了。

翻开行程册,全天的行程几乎都是在室内听一些演讲和课程。搭着校车再一次来到那栋设计独特的教学楼,进入开幕式的教室,便听到一位印尼女讲师为我们讲解印尼的艺术。

雅加达唐人街　华人春节气息浓厚

很抱歉1个多小时下来,我依然没能记住她的名字,后来翻阅行程册也弄不清一长串里面哪一个可以作为昵称。那么我就暂且称这位两鬓银丝的可爱老师为Mastuti吧。说她可爱,因为她很用心地准备了很多小礼物和道具来调动我们的积极性并帮助我们更好地理解印尼文化。她会在讲课的过程中不断重复之前讲过的要点,加强我们的记忆。每当我们中有人答对她的问题,她便很高兴地仰头大笑,拿出印有印尼艺术标志物的钥匙扣,兴奋地递到我们手上。但很遗憾我没有得到这样的奖励,尽管她的讲课内容从手工艺、音乐、舞蹈再到建筑、视频、道具一应俱全,但由于发音的问题我也都是一知半解。不过倒是真的体会到印尼文化受中国的影响之大。Mastuti的演讲内容多是围绕"Chinese-Javanese Culture"(中国式爪哇文化,爪哇是印尼最繁荣的岛屿)。其中最具代表性的就是皮影戏

(印尼语：Wa Yang)和木偶戏，它们不仅在形式上和中国的相似，内容上更演绎了中国的故事。薛仁贵的故事就在皮影戏和木偶戏的表演中广为流传。最后合照的时候我很幸运拿到了 Mastuti 为我们准备的其中一个皮影，这个我在中国生活多年却只在电视上见到的民间艺术作品，和我的机缘大概也就是一张合照的关系了吧。

印尼大学音乐教室　访学团在学习印度古典乐器

戏曲的表演难度太大，我们却可以和印尼的古典乐器"Gamelan"亲密接触。直到我们各自脱鞋进入演奏室后才看到，这种起源于8世纪的乐器其实并不是一种乐器，而是"Kendhang（肯当彭）""Bonang（罐锣）""Gender（木琴）""Kenong（低音罐锣）""Gong（低音吊锣）""Saron（铜排琴组）"这6种打击乐器的统称，分别由13个人演奏。Gender由大、小两个鼓组成，其中某些乐器也和中国的相似，Saron类似中国的扬琴，Gong由悬挂的两排大、中、小3种型号的钵形金属组成，类似中国的编钟。Bonang 和 Kenong 名字相似,外观也差不多,只是演奏方法不同。这类的乐器是我之前没有见过的,实际上我看到它们的第一眼,脑海里就蹦出韩式料理石锅拌饭在两排整齐的炉子上加热的场景,尤其是当教我们演奏的老师发现发音不对劲,端起两个"石锅拌饭"调整它们位置的时候。好不容易老师把每个乐器都教了一遍,所有人各司其职,在几次混乱的演练后,终于编织出了流畅悦耳的音乐。Vicky、Vania、Stela 一直在旁边用尽各种办法让我们理解演奏的方法,尤其是 Vicky 手舞足蹈的演示特别帅气。我们"出师"后老师也是大汗淋漓,一边大口喝着水一边问我们有什么关于音乐、印尼文化等问题。后面他还告诉我们,受西方文化的影响,Gamelan 在印尼的城市里其实已经不再流行,可能在一些偏远的地区还保留这样的文化,甚至还比不上在新加坡、马来西亚、非洲等地方受欢迎。很多印尼人说起 Gamelan,都是"相识不相知"的状态,这正和我对皮影戏的感受一样。原来很多国家的文化都处于这样一种状态,前将无古人,后继无来者。我不禁开始担忧这些流传了几千年的文化,会不会就在飞速发展的时代里,终成博物馆中玻璃窗橱里永不磨灭的存在。

　　Najwa 是我们英语课程的老师。这大概是我记得最快的一个印尼名字了,虽然我很不愿承认这是因为她很漂亮。我指的不单是脸蛋,还有英文发音。正是她纯正漂亮的发音,才让我们在课上全程的英文互动中感到自惭形秽。错乱的语法、傻瓜的句型、笨拙的发音……为何我们学了 10 多年英语,多数人还不能做到用英语流畅地交流?而在这里遇到的学生甚至可以将中、英、印、韩 4 种语言运用自如。作为最后一个离开教室的人,我和正在收拾东西的 Najwa 说了句我最擅长的"Byebye～Na……j……wa?"

　　"Najwa:Bye～How to say 'Goodbye' in Chinese?"(用中文怎么说再见?)

　　"再见。"

"再……见……"转过身走出教室,眼底还映着 Najwa 迷人的微笑。

这是几天来,活动第一次在下午 3 点结束,我们热切地讨论着自由时间要进行的活动,最后一行 21 人浩浩荡荡进军德波最大的商场。这次在 Vania 和 Rico 的带领下,我们乘坐校车,走过一条狭窄的小路通往那个我们原以为很远的地方。从鲜活校园旁的小路,走几十步,景象全然不同:破烂不堪的平房、坑洼拥挤的小路、衣衫褴褛的摊贩。穿越铁轨,又回到繁华的商业区。沿着铁轨谨慎地向前走,寻找一个出口,看着湛蓝的天空,长长的电线一直延伸,突然想到余华新书里的一句话:我们仿佛都生活在这样的一个世界里,一边是灯红酒绿,一边是残垣断壁。

抱着世界上最好吃的泡面和麦片,以及各种口味的咖啡从商场出来,门口的莲花灯已经开得耀眼,天上也下起了小雨。在等待伙伴撑伞的时候,感觉背后的天空突然亮了,紧接着一阵巨响回荡夜空。急忙加速了脚步,雨点随着雷声一点点密集,似乎是离天空更近一些,所以天空里的一切反应都显得更加剧烈。突然一道闪电劈亮了整个黑夜,连地面上的积水都被照得像是月光洒落,随之而来的雷声更是震得人心率都受到干扰,快速移动的整个身体突然被无形的东西阻挡,颤抖,然后更加匆忙。转入一条与来时不同的小巷,低举的雨伞挡住了视线,只能看清脚下的路。我只是拼命向前跑,看着豆大的雨滴射向水面,溅出朵朵莲花,如黑夜里的昙花,一路走过,落地生花。

坐在回来的校车上,尽管身上被淋湿了大片,一群人仍然苦中作乐。东北来的同学扯着嗓子说着终于知道印尼人为什么白天出门从来不带伞了。因为淋完雨一会儿就晒干了啊!果然东北人天生自带说二人转的本事,不过这个段子倒是很生动地描述了热带雨林气候。都说东北的汉子豪迈粗犷,不过这位被我们称作"萌萌哒"的东北汉子因为独特的音色让我们觉得异常可爱有趣。最后到达宾馆时他还不忘提醒我们淋过雨先洗个热水澡再吃饭。站在花洒前听着外面的电闪雷鸣声依旧,脉冲式的热

跟我一起看世界 中国地质大学(武汉)本科生短期访学纪行

水流时大时小,撒在塑料浴帘上的声音时强时弱,好像从太平洋去往印度洋的浪潮,不停地拍打着连接亚洲和澳洲的这片土地。心跳呼吸,亘古不变。

接下来的几天,大多数时候我们都在学习印尼的一些经济政治情况,还有最为新奇的印尼语。印尼语和英语一样,是由26个字母组成,由各字母的不同组合构成不同的单词,由单词再组成句子。不同之处在于大多数字母的发音不同,比如英语中的轻音"k""g",在印尼语中发"ka""ga"。其中最令我想咬舌自尽的还属"l"和"r"。"l"在英文中有两个读音,一个是弹舌音,另一个作为单词的结尾时才使用,而印尼语似乎把"l"的第一个读音赋予了"r"。地道的

德波小巷出墙的红毛丹

印尼语"r"音,应该是舌尖在口腔的前端连续弹几下。所以我们会发现一个有趣的现象:很多印尼人即使是在说英语时,也会把"r"音发成"l"音

因为和我们不会发"r"的印尼音一样,他们也发不出"r"的英语读音。起初在我们用英语交流时,一遇到像"river"这样"r"字开头的单词就需要老师们重复几遍才能听懂。虽然印尼语有个别发音很饶舌,不过大多数发音只要注意总结规律,还是很容易和英语区分的,另外许多字母的组合发音和英语也很类似。一堂印尼语课下来,我们还学会了一些简单的问候语和介绍用语,在分发午餐的时候煞有介事地和印尼朋友们说"Terima Kasih(谢谢)",没完没了,他们也不厌其烦地说"Sama Sama(不用谢)"。

　　那堂语言课后的午餐地点我记得很清楚,是印尼的麦当劳,点的是可乐、米饭和炸鸡。因为印尼和中国的饮食文化不同,我们一直不是很适应这里的餐食。其一,印尼是世界上拥有最多穆斯林的国家,猪肉只存在于少数中国餐厅。而每餐基本少不了猪肉的我们几天下来,自然不习惯只以鸡肉为肉菜的餐食。其二,印尼食物普遍偏辣,如果菜里没有辣,那么附加的酱料里一定也会有辣酱。若是吃不了辣的人遇上放辣的菜,绝不会是愉快的一餐。其三,印尼餐食量较少。印尼地处热带,全年气温都在30℃左右,旱季可能更高。就像我们在夏天会厌食一样,生活在这里的人们在炎热的气候环境下是吃不下多少饭的。所以Vania看到我们光光的餐盘总是惊叹:"你们怎么那么能吃!"而饭量大的男生们也忍着饥饿议论:"他们怎么吃那么少!"其四,营养均衡。对于印尼食物,有个很合适的形容——小而精致。米饭、蔬菜、水果、甜点、水,各类人体需要摄入的营养,在一个印着精致图案的便当纸盒中一应俱全,且绝不混淆。有时是单独包装,米饭用叶子包裹,其他的菜可用塑料袋或者纸盛放。有时虽是塑料托盘,为防止运输时饭菜混在一起,也是用塑料袋盛放后再分装,即使是饭,也要塑造成半球的形状。如果说中国菜讲究"色香味俱全",那么我觉得印尼餐食一定更加注重"形"了。我们在食用这样的便当前,自然需要将菜一一倒出,难免弄得一手油腻。第一次我们打开这种便当时,大家都有这样的质疑:这该怎么吃?有同学笑说:"一个一个吃呗!"引来众人

跟我一起看世界 中国地质大学(武汉)本科生短期访学纪行

一阵嬉笑。

不过真的要感谢印尼朋友们从第一餐知道我们不习惯这里的饮食后,之后的每一餐都在逐渐摸索并迎合我们的口味。一开始变换不同口味的便当,再到面条,之后带我们到麦当劳、韩式餐厅、必胜客就餐,还带我们去可以无限量加饭的餐厅,甚至拿几种不同的套餐让我们自己选择。感激的同时我又觉得愧疚,尤其是有次午餐后Vania问我:"今天吃饱了吗?"

经历了上次穿越火车道的历险,我们在印尼大学附近就变得更加"胆大妄为"了。对印尼的热带水果早有耳闻,尤其是作为"水果之王"的榴莲。然而可惜的是,现在已经过了榴莲的季节。即使是在榴莲的季节,它也不会像海南的香蕉一样便宜。榴莲在印尼,同样也是属于比较贵的水果,有可能比在中国还要贵。这一点我在另一个超市的水果区得到了验证,两块包装好的榴莲果肉居然要40多元人民币。我在国内看到的最贵也不超过20元人民币。不过Vania也同样觉得这个价格太贵,猜想可能是这家超市比较高端的缘故,大部分商品都有提价。这是我13天中唯一一次在印尼看到榴莲,没有吃到这里的榴莲也算是此行的一大遗憾。由于我对榴莲的偏爱,所以在之

印尼出产的热带水果——牛油果

前的购物中对其他水果并没有投入太多关注,等到最后终于放弃对心爱水果的苦苦寻找后,我才将兴趣放在了其他水果上。于是3人结伴来到印尼大学火车站附近的一个小市场。不到3m宽的小路旁有卖文具、衣服等的店铺,再往前居然就到了居民区。我们记得下大暴雨的那一天回来时路过了一条卖水果的小路,不过当时雨太大、天又黑,急着回家就没有看清路,想不到我们真的迷路了。我们就在居民区里按着记忆寻找,幸好还记得那个商场的名字 Margo City。只要随便找一个当地人问路,不管他们懂不懂英语,听到 Margo City,就知道我们是在问路了。在确定了方向正确之后,我们继续放心前行。

我们穿过两栋楼的缝隙,来到了 Margo City 外的大道,努力回忆那个雨夜里我们走过的路。终于看到了我们心心念念的小路,两边有卖特色小吃和鲜榨椰汁的摊贩。不过我们转来转去,好像并没有看到大型的水果摊,都是只有一两种水果的小摊贩。最后辗转多处帮其他同学买了火龙果、牛油果还有蛇皮果,而我自己就只挑选了一个牛油果。回去后便迫不及待地切开这传说对皮肤很好的牛油果,品尝辛苦得来的战利品。用勺子舀起一勺软软的黄色果肉,口感似一种动物脂肪,但没什么味道,怪不得 Vicky 推荐我拌巧克力酱吃。

永不终结的夕阳

给我们上最后一次课的老师是一位从英国留学归来的女老师(其实当时我们并不知道这是最后一堂课),她的英音婉转流利动听,看起来正值芳华,居然已经是4个孩子的母亲了。她的演讲是关于印尼的社会系统。

这堂课之后大家渐渐陷入离别的气氛中,Rico 带着我们最后一次游

跟我一起看世界
中国地质大学(武汉)本科生短期访学纪行

览校园，寻找一些可以纪念这场异国文化之旅的小东西。我在书店选了8张明信片，都是些没去过的地方，拿出其中一张"巴厘岛的海边日落"，在背面写下"You are my favorite hello and hardest goodbye"，寄给回国后的自己。回来的时候天上又下起了太阳雨，步履匆匆，回到教室等待Najwa给我们上最后一节英语课。是的，如之前所说，没有最后一节课了，因为国际交流办公室和老师的信息对接错误，我们没能最后一次欣赏Najwa迷人的微笑。不过倒是有机会静下心来，把剩下的7张明信片填满，寄给7个此刻想起的人。有些人很熟悉，有些人很久没联络，有些人甚至只是泛泛之交。但不知道为什么，就是很想把此时的心情和他们分享。不过很遗憾没有时间亲自把它们寄出去了，接着还要参加这次访学项目的闭幕式，只好拜托Rico在我走之后替我寄出。

一曲张震岳的《再见》，作为我们歌曲串烧表演的结束曲。中途看到Rizca、Vicky、Vania在下面落泪，其他人也神情悲伤。原来，一声"再见"真的这么难说出口。按照约定，印尼的朋友们也要为我们准备一场表演，但我们看到的却是比表

印尼同学欣赏送别表演

演更珍贵的东西。这些天来的一幕幕随着video里的图片和视频如印度洋的潮水般翻涌，穿插着他们每个人对我们的祝福。当最后听到自己的中文名字从他们口中念出时，说不出的感动。这些并不是他们告别的全部，最让我觉得温暖的还是之后神秘的"颁奖仪式"。细心的他们居然为我们每个人都颁了一个奖，cute girl、translator、the first lady……我一直

在想他们会给我一个什么样的称号呢?这10多天来,自己在他们心中是什么模样呢?在最后的合照环节,我刚和Daniel合过影,听见Vicky一脸委屈地问我:"何琪姐姐,你不想和我合照吗?""怎么会!",于是我按下快门,在手机里留下了Vicky永远可爱的笑脸。而照片里的我,头上戴着他们颁奖时准备的party帽,上面写着:organizer。

在印尼最后的一晚,我们最后一次来到这些日子以来熟悉得不能再熟悉的Margo City。把明信片和邮费托付给Rico之后,我用身上仅剩的印尼盾买了两个甜甜圈送给Rico作为晚餐。又在钱包里翻出一张崭新的"5元"人民币、一枚"5角"硬币,还有用"1

送别演出　访学团代表演唱《再见》

元"纸币亲手折的"有钱花",把它们全部塞进Rico攥满人民币的手中。在大家的热情下,Rico已经集齐一整套人民币,和我们这些身无分文的人相比,俨然是有钱人了。说起Rico,我总对他有些偏爱,大概是因为他和我一样英文都不太好吧,和我们在一起时总是比较安静,但我们有什么问题他又会很用心地解答。又或许是因为他是纯正的华人血统,从小听惯了父母说华语,所以只要我们语速放慢,他都是能听懂的,只不过不太会说。但他对中文还是很感兴趣的,那晚回来后看到他发了一条朋友圈,用"5元"和"20元"面值的人民币拼成了"520",配上文字"wu er ling",也不知道是谁教他的这个数字的含义。

坐在那晚回去的校车上,大家叽叽喳喳地讨论,比以往任何一次都要热烈。最后一次相聚在一起,我们放肆地笑。走过长廊,眺望远方零星灯

跟我一起看世界 中国地质大学(武汉)本科生短期访学纪行

火,最后一次倾听穆斯林黑暗中此起彼伏的圣歌。关上房门,在浴室里最后一次感受来自印度洋浪潮般的淋浴。将面前一堆世界上最好喝的咖啡,绞尽脑汁把它们全部塞进我小小的行李箱。躺在床上,最后呼吸着赤道湿热的空气入眠,仿佛也就一场梦的时间,醒来已是快凌晨4点,正是集合出发往机场的时间。

印尼上空俯瞰海岛

我在夜幕降临后到来,看到的是无数洒落在大海的星辰,又在黎明破晓时离开,送别我的是前所未见的和天空一样无比湛蓝的大海。爪哇岛上红色的屋顶随着海岸线的渐行渐远而模糊,出航的渔船已经在蓝色的绒布上划出一道白色的尾巴。茂密植被覆盖着的众多小岛渐渐从远处漂来。缥缈的云让视线里的景象时隐时现,第一次感到空气如此稀薄,我可以在千米高空俯瞰海陆,无比清晰。我看见加里曼丹岛的原始森林上空一团团棉花糖般的云朵,我看见蓝色的大海和绿色的无人岛相接的地方是梦幻的蓝绿色,我看见这个我可能一生都没机会再次造访的地方一点点离我远去……

已经不知道是第几次从睡梦中醒来,依然没有到达,此时我正在厦门飞往成都的飞机上。一整天都在醒醒睡睡中度过,这次醒来已是日落时分。一路向西,追逐着太阳。听说日出和日落都是美丽而短暂的,我从没有看过一场真正意义上的昼夜更迭。但我知道此时我看到的日落肯定比

在地面上看到的要持续得久。想起小时候看到的一个故事,女主的生命将在这天的日落之前终结,于是男主就背着她一路向西翻越一座座山峰,只为延长她的生命。但就连夸父都追不上太阳的脚步,凡人又怎么可能祈求夕阳永不终结呢?最后两人都精疲力竭,男主陪伴女主在山顶看了一场最美的日落。我望着远方海陆交界处最后一抹橙红,突然有一种错觉,如果飞机就这样一直向西,是否真的可以看到永不终结的夕阳?那样的话这些天在印尼所发生的一切是不是也会永远铭刻在我心中永不褪色?

黑夜终于降临,但回忆会永不褪色吧。

浅谈澳大利亚艺术

——记2016年澳大利亚麦考瑞大学短期访学

艺术与传媒学院　初文辉

在为期两周的澳大利亚游学过程中,我一直不断地对澳大利亚艺术进行着探索。让我感触颇深的有澳大利亚人文艺术、澳大利亚街头艺术、澳大利亚绘画艺术。

澳大利亚人文艺术

初到澳大利亚时不适应的地方很多,如左行礼让、见面打招呼等。尽管如此,我还是努力让自己去适应陌生的环境。

每天清晨,我需要步行至距离我居住的homestay有4km远的公交车站去乘坐公交车,到麦考瑞大学进行一天的学习。在这4km的路上,我发现陌生人都会很友好地对我说"hey! good morning!",并对我报以微笑,生活的幸福感全部洋溢在他们脸上。当我坐上公交车时,司机也会乐此不疲地跟每个人问好,而乘客们也会在下车时向司机报以自己的谢意。

在商场、地铁站等只要是有楼梯、电梯的地方,人们都会自觉地站到左边的一排,让出右边的一排来供着急的行人或者特殊行人通过。这个自觉程度让我这个来自礼仪之邦的学生都有点汗颜:差距虽有,但是我们已经在进步了。

澳大利亚街头艺术

走在澳大利亚的街头,在居民区中,你会发现每家的房子都各有特色,每个家庭的风格几乎都表现在房子上了。

各种色彩的外墙、琳琅满目的屋顶以及千变万化的房屋形状,好像在澳大利亚的地面上形成了一幅巨大的艺术作品,风格各异、令人神往。

走出居民区步入悉尼城,这里没有了居民区的静谧,而展现着现代化都市的繁华,街道两边的人行道上是行走匆匆却井然有序的路人,抬眼望见的是澳大利亚古典房屋与现代大厦的交相呼应:澳大利亚受欧洲殖民者所影响而建的欧式建筑古典、低调、奢华,而现代的写字楼高耸入云,是高科技的象征。

走上步行街,街头的歌唱艺术者和绘画艺术者让围观的群众沉醉在艺术的氛围中无法自拔。他们互相尊重、欣赏,一起谱写澳大利亚街头的艺术诗歌。

街头艺术表演

澳大利亚绘画艺术

当我走近澳大利亚新南威尔士州的州立美术馆时,立刻被这座宏伟的可以被称为艺术作品的建筑所倾倒。希腊柱式的宏伟与门口两座铜制骑士雕像相呼应,震撼人心。

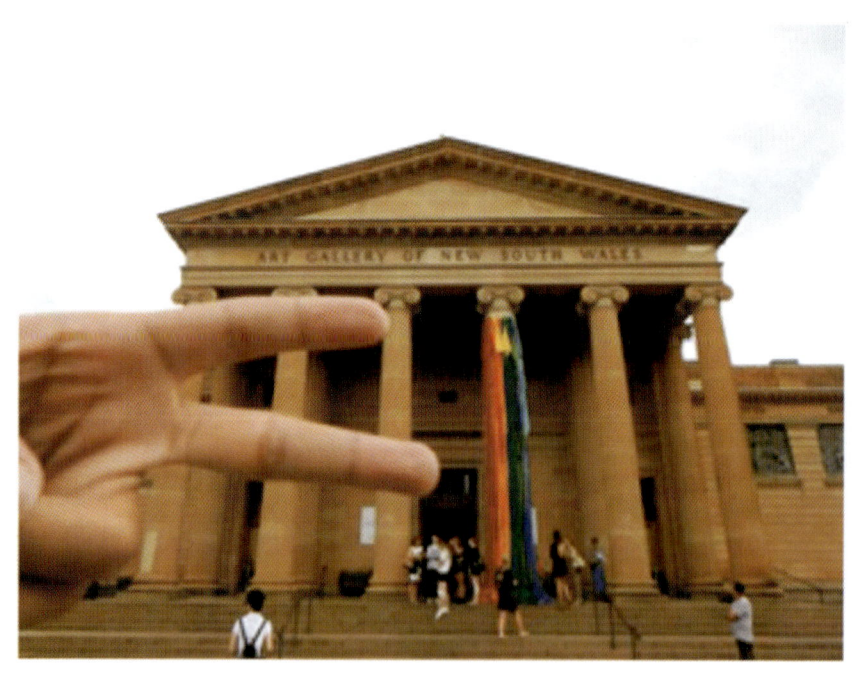

州立美术馆外景

浅谈澳大利亚艺术——记2016年澳大利亚麦考瑞大学短期访学

走进博物馆内,油画作品琳琅满目。欧洲中世纪的作品吸引并震撼着我,无可比拟的震撼力使我的思绪霎时间进入了那作品当中,揣摩作者的心思,探寻作者的立意,使我沉入画中无法自拔。一排排雕塑映射在我眼前,动感的肌肉与轮廓线无时无刻不在我脑海中形成美的印象。在美术馆中,我发现澳大利亚的美术作品有着欧洲古典风格的影子的同时,又表现出独具特色的绘画风格。对这些作品的欣赏,不仅提升了我的审美水平,还开阔了我的眼界,让我对艺术作品的多元化有了更深刻的理解。

带有古典风格的雕塑

州立美术馆内景

跟我一起看世界   中国地质大学(武汉)本科生短期访学纪行

春风得意马蹄急,一日看尽全北花
——记2016年寒假韩国全北国立大学短期访学

工程学院　杜　鹃

梦回全北

　　出发前我们住在上海浦东机场附近一个高架桥下面的旅馆。2016年1月24日早上6点就起床了,8点准时出发。走的那天上海下雪了,据说那是上海三四十年来第一场雪。旅馆老板送我们几个女生过去,一路上有说有笑,言语中满是对韩国之行的期待。过海关,再过安检,乘坐大韩航空,终于在当地时间下午2点(北京时间下午1点)到达了仁川国际机场。在出站口有热情的志愿者和老师接待我们,将我们送上大巴。跟我一起去的都是南方的同学,这是她们第一次来到零下十几摄氏度的地方,倍觉寒冷。她们问我:"这里冷还是乌鲁木齐冷?"我说:"首尔还没有乌鲁木齐冷。"刚到达首尔,

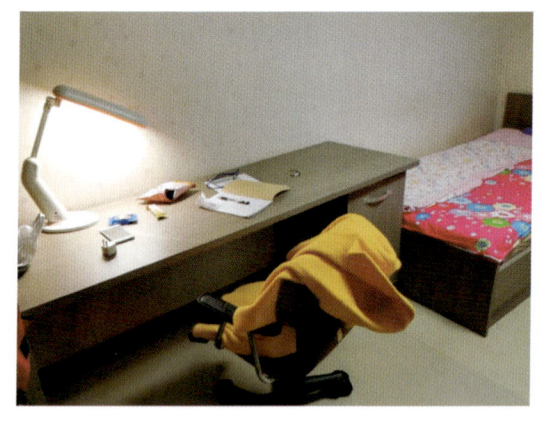
我的宿舍

一切都是陌生新鲜的。坐上大巴，需要4小时才能到学校，但是一路上我们都没有睡觉，而是谈论着我们接下来的行程问题。看着窗外的风景，我们格外期待。

终于到达了全北国立大学，大家脸上满是疲惫之色，分好宿舍，大家就洗漱休息了。

充满新奇的第一天来了，我们先分了组，每个组有自己的志愿者。志愿者们带着我们去了大礼堂，并举行

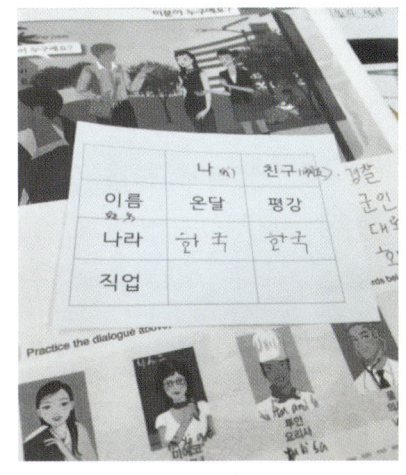

韩语课上的小游戏

欢迎仪式，本来安排参观校园的，但是无奈天气太冷了，只好取消了。（有些同学第一次见到那么大的雪，可兴奋了！）

第二天，我们就开始上韩语课了。我们的韩语老师是一个特别可爱的中年人。她开口第一句就说："I can't speak any Chinese."当时我们就懵了。我们上课的时候老师全部是韩语授课，我们大多时候都听不懂，只能靠猜，跟着老师念。由于韩语中有很多跟中文不一样的

老师纠正我们的发音

发音，老师会让我们每个人念一遍。如果念错了，老师会焦急而又假装生气地用韩语说："不对。"然后会假装掐你的脖子，或者打你，当然都是开玩笑的。老师真的很用心，而且对我们很好（老师还教我们用韩国人的礼仪方式打招呼）。对于很重要的知识，老师会在前一天查出其汉语的表示方

跟我一起看世界 中国地质大学(武汉)本科生短期访学纪行

式,第二天写在黑板上。有一次她写错了,一个很可爱的同学还教她怎么写。就这样开心又痛苦地度过了十几天的韩语课,最后一天老师问:"Are you going back to China tomorrow?"(你明天要回中国吗?)然后很不舍地跟我们道别,拍照留念,当时我难过得想流泪。有的老师还留了同学们的联系方式,方便以后给他们寄明信片。真的很想再见见这位可爱的韩语老师,再认认真真地听一次课。

同学与可爱的韩语老师合照

文化体验

第一个体验项目是制作传统纸扇子。志愿者带着我们坐学校的大巴来到韩国传统文化体验馆。老师给我们每一个人发了一个空白的纸扇子,还有镊子、干花瓣、胶水。老师让我们先在扇子上面铺好我们想要的图案,然后拿胶水固定,最后涂上一层膜(当然全程是志愿者们帮我们翻译的),结束后志愿者教我们用韩语跟老师说一声"辛苦了"。

第二个体验项目便是穿着韩服,在传统韩国建筑的韩屋村闲逛,虽然

春风得意马蹄急,一日看尽全北花——记2016年寒假韩国全北国立大学短期访学

做纸扇

已完成的纸扇

跟我一起看世界　中国地质大学(武汉)本科生短期访学纪行

在韩屋村穿韩服的我

春风得意马蹄急,一日看尽全北花——记2016年寒假韩国全北国立大学短期访学

明洞

我在首尔塔看夜景

在冷风中瑟瑟发抖,却依然觉得美美的。

接着就是我们自己的首尔之行。首尔是韩国的首都,也是韩国的时尚中心。为了去趟首尔,我们换乘了三四次,坐了两三个小时的地铁。又因为不认识韩文,找了很久才找到订好的酒店。

景福宫一角

第二天,爱美的我们第一站就去了东大门和明洞。当然,还去了首尔塔和景福宫,景福宫和故宫类似,都是古代皇帝处理国事和居住的地方。但是景福宫看上去较简洁朴素,少了一种金碧辉煌、雄伟壮观之感。晚上我们

跟我一起看世界 中国地质大学(武汉)本科生短期访学纪行

去看首尔塔,夜景很美。据说当年盛行的韩剧《来自星星的你》有一段就是在这里拍的。明洞的小吃真的很棒,运气好的话还可以碰到明星(当时在明洞碰到了一个电视台在做节目)。

3天的时间很快就到了(有的同学没有来首尔,去传统寺庙住了两天,体验寺庙文化),我们在游玩的第三天坐着高铁回到全州。在那边搭乘高铁很方便,没有安检,也不使用实名制。车厢里面没有人大声喧哗,很安静地度过了这趟旅程。因为我们买的是站票,车厢里面专门为买站票的人设置了站的地方,还会有几个椅子,不会很累。

回到全州以后,我们才感到离别时间快到了,对每一天都格外的珍贵。我们游玩回来以后的第一天开始了韩国流行韵(K-POP)舞蹈课的学习。给我们上课的是一位中年女老师,她教我们跳少女时代的《lion heart》。老师上台之前很可爱,甚至有点

穿传统服饰认真授课的老师

羞涩。但是上台开始教我们的时候,她却能迅速地释放出激情。她的热情和激情感染了我们。因为舞蹈里面有很多扭屁股的动作,大家一开始都不好意思做,但在老师的带动之下,我们放下矜持,尽情舞蹈。

还有传统农乐学习,我们学习的项目是击鼓。老师专门为了我们穿上了传统的服饰,以表示对我们的欢迎。教授的过程也非常热情。

我们的课程还有跆拳道,以及制作全州拌饭。学做拌饭的那个下午,同组同学都认为我不适合做饭,什么都不让我做,只需我负责把餐具摆

好。可不要小看摆放菜品这一项！老师跟我们讲，一定要按照顺序和位置摆放，不能乱，要不然颜色就不好看啦。

同组同学制作拌手饭

当然了，在那里跟我们关系最好的韩国朋友们就是志愿者啦。我们经常跟志愿者们出去玩或者聚餐，建立了深厚的友谊。回国前和同伴商量，决定拍一个视频送给志愿者们。在视频中我们每个人说出了自己的心里话，给他们唱了校歌，表达了对他们的不舍之情，希望他们能够来中国。在欢送会上，我们播放了视频，志愿者们表示真的很喜欢这个礼物。我能听到他们这么说，顿时感觉每天熬夜做视频的疲惫烟消云散了。

回国前一天，我们早上上完韩语课便开始收拾行李，下午的欢送会大家一起表演节目，整个过程都非常开心。学校为我们颁发了结业证书，我们还收到全北大学送的礼物。

当志愿者们把我送到大巴上的时候，我真的哭了。真的很舍不得他

跟我一起看世界 中国地质大学(武汉)本科生短期访学纪行

们,真的很难忘我们一起度过的美好时光。走的时候,大巴里面的同学都很沉默,完全没有来时的那种欣喜。我哭了很久,仿佛要把内心的不舍之情全部释放出来。这几天我还在给我的韩国朋友们寄明信片呢。真的很想念他们。

最后,乘坐大韩航空,我们回到了中国,结束了短暂而快乐的访学时光,但是我们永远都忘不了那段特别而美好的时光!

这个是我做的拌手饭

 见贤思齐

到一个发达国家的感受是什么?说实话,感触颇深。

第一点,关于传统文化的继承和发扬。我们在韩国体验传统文化,感觉他们的传统文化得到了很好的继承和重视。在上所有的体验课之前,老师都会跟我们讲解有关传统文化的知识,甚至让我们穿上传统的服饰。

我的结业证书

他们的景福宫虽然简朴,但是那里每天都会有古代士兵巡逻的表演,还会有士兵把守在景福宫大门口,重现历史画面。在中国,无论是儒家文化、道家文化等诸子百家文化,还是民族服饰、书法、文学、节日、医学等,随便哪一样都让我们倍感骄傲。但现在部分人崇尚欧美文化、韩流文化,忽视中国传统文化,认为传统美德封建迂腐。可见,我们的优良传统文化并没有得到很好的继承和发扬。传承和发扬中华民族传统文化是我们泱泱大国发展的重要基石。我想这一点,是值得向韩国学习的。

我们的大长腿志愿者

第二点,是他们的国民素质。在韩国,无论走到哪里,都能感受到人们的善意。乘坐扶梯的时候会留出来一个应急通道给急用者。去买东西或者办理业务的时候,他们也很耐心、热情、细心地帮你讲解。每次上完课,老师都会跟我们说一句"大家辛苦啦",然后再下课。我印象最深的一次,是我们刚刚去全北国立大学学习,在开学典礼上,一位学校的领导对所有的志愿者和老师(志愿者全都是跟我们年龄相仿的同学们)说拜托大家一定要尽全力照顾好我们。这一种说话方式,正体现了他们对我们的尊重。这样的例子数不胜数。国民素质的提高,是一个国家发展的重要标志。

我们每个人进一小步,我们的国家就前进一大步。国家命运与我们每个人息息相关。

第三点,就是韩国人做事的态度,极其细心、认真。这次韩国之行能

跟我一起看世界 中国地质大学(武汉)本科生短期访学纪行

跟志愿者难分难舍

这么顺利,就多亏了他们的用心准备。我记得很清楚,当时那些老师告诉我们如果对分组有异议,可以去找自己的志愿者重新分组。但是有的志愿者不会说中文,英文表达能力也不好,而我们同学大部分英文口语也不好,所以交流有点障碍。而且当日想要分组的人数很多,换组是特别麻烦的事情。尽管存在这么多的困难,很多人找志愿者换组的时候,他们还是很耐心地帮助我们解决问题。在平常生活中,他们都会很用心为我们服务。由于语言不通,我们只要有需要都会找他们,他们也都会很热情地帮助我们。我觉得这一点我们应该向他们学习。尤其对学工程专业的我来说,如果能够有这种细心和耐心的品质,那么我的工程就会少一些事故,多一份安全。

春风得意马蹄急,一日看尽全北花——记2016年寒假韩国全北国立大学短期访学

与美丽可爱的志愿者告别

与志愿者告别

千里婵娟

　　我们在那里真的很快乐,也交了很多朋友。这也是我的一大收获。在学校课业繁重且乏味,难免会有厌倦与烦躁的情绪。但是,这次游学却让我重新找回了许多的快乐。当然,我还交了很多很多韩国的朋友。我们经常一起出去吃饭,一起在游乐园玩,一起开展活动,一起拍照。走的时候我们还互相做了视频,现在再回看那些视频,真的很想念他们。前几天跟同去全北国立大学实习的同学聊天,他们说还想再去一次全北国立大学。相信这也是每个同学的心声。很感谢这些朋友们,正是因为有了他们的陪伴,才让我们的游学变得那么快乐。

跟我一起看世界 中国地质大学(武汉)本科生短期访学纪行

结　语

怎么说呢，到现在写报告的我还是心潮澎湃。这是我第一次出国，在飞机上第一次真正地用英语同别人交流。乘务员问我："Would you like something to drink?"（你想要喝什么？）哪怕我当时只回答了"Hot water"，心情依然澎湃、激动，因为学了那么久的英语第一次能用了！同海关交流时搞笑的英语对话、穿韩服时的激动、上韩语课时的无奈、跳舞时的害羞、跟志愿者们告别时的难过、熬 4 个晚上给他们做视频的疲惫等，这一切都使我很难忘怀。真的很感谢全北国立大学和中国地质大学给了我一次出国游学的体验机会，让我知道世界这么大，我们这么渺小，快乐却那么简单！最后我想把我在全北大学毕业典礼说的话送给你们："以梦为马，随处可栖。永远年轻，永远热泪盈眶。"

走进未知的世界
——记2014年密苏里大学大数据分析暑期体验项目

信息工程学院　　汪晓楠

空间距离的分隔和社会发展状况的差异,给国外的科技文化、风土人情披上了一层神秘的面纱。学习先进科技知识,感受异国风俗文化,增进交流,增长见识,这些都是到国外访问学习的益处。2014年暑假,注定是我人生篇章中的特殊一页——奔赴美国密苏里大学,参加我人生中第一次短期访学活动。

学习篇

到达密苏里大学的第二天,访学活动便正式开始了。活动的主题是"Big Data Analytics"(大数据分析),日程安排紧凑而充实。在为期3周的活动中,每周一到周五,我们都要上6小时的课。上午3小时是教授讲座,下午助教为我们上3小时的实验课。我们的讲座全部由尚奕教授讲授。尚奕教授是在中国科学院硕士毕业之后到美国攻读博士并留在美国任教的中国学者,学术成就卓著,学识渊博,而且讲课很有耐心。我们的学习内容主要是Hadoop云计算平台,Map Reduce编程模型以及对Pig、Hive、Hbase、Mahout等工具进行了解和使用。我们在上午的讲座上学习理论知识,在下午的实验课上进行动手实践,有理论又有实践,两者相

跟我一起看世界
中国地质大学（武汉）本科生短期访学纪行

辅相成。此次活动共有13位学员参加，其中有1位丹麦的计算机专业教师、1位芬兰的统计学家、1位越南的教师、6位香港城市大学的学生、2位在美国留学的中国学生和2位中国地质大学（武汉）的学生。学员们不但来自不同的地方，知识背

商奕教授为我们讲课

景、技能水平和学习需求也不一样。但在学习的过程中，我们相互帮助、了解和包容，相处得十分融洽。

对我来说，在这个课程中，学习的都是以往未曾接触过的新知识，但还好有之前的编程知识作基础，在学习这些新知识时没有那么吃力。其中，Hive、Pig、Hbase、Mahout 的学习以入门操作为主，最主要的是 Hadoop 云计算平台的使用和 Map Reduce 编程模型的应用。Big Data 在国内开始盛行应该是在 2013 年，而没想到这些用于进行大数据处理和分析的云计算平台和技术早在 21 世纪初期就在国外建立和应用了。我们在 Map Reduce 编程模型的学习上所花的时间最多。因为如果对其中涉及的 Map 和 Reduce 过程的具体作用了解得不够，接受实验任务和编写代码时就会感到很困难。而经过尚奕教授与我们在课堂上的共同讨论、实例分析，我终于对该编程模型有了较为清楚的了解。在学习的过程中，我对两位同学的印象尤为深刻。一位是来自中国香港城市大学的学生，他有很好的编程基础，也能很快地学习新的编程模型。我们在学习过程中遇到的问题，他总能很快解决。而且他很乐于助人，当我在最初的学习阶段跟不上进度向他请教时，他十分耐心地将所学知识有条理地讲给我听，

对我很有帮助。还有一位是来自芬兰的统计学家，出于职业需要，他必须对数据的处理流程十分清楚，而且还要关注各个数据处理工具的性能，所以时常在课堂上向教授提出这方面的问题。在他与教授讨论的过程中，我看到了这位统计学家严谨的工作素养和谦逊的求知态度。

在课程的结尾，我们要以组为单位，利用所学知识完成一个项目，并进行口头陈述。我们一共分为了4组，最大的一组有5位成员，研究的是不明飞行物（UFO）目击信息的处理。我和同校的另一位学生一组，选择的是"飞机票预订时间推荐"这一题目。我们在十分有限的时间内完成了各自的项目，虽然水平不一、各有侧重，但都是对我们所学知识的总结与应用。在我看来，每个项目都很有意义。

报告厅里结业学员合影

跟我一起看世界 中国地质大学(武汉)本科生短期访学纪行

游玩篇

在学习之余,学校为我们组织了几次集体出游活动,如去市政府办公楼——Jefferson City Capitol 和马克·吐温(Mark Twin)童年故居,参观游览 Mark Twin Cave 和 Ha HaTonka State Park,以及参加迷你高尔夫等户外运动,让我们感受了当地的自然风情和历史文化。

马克·吐温童年故居现在已经成为了一个博物馆,与之密切相关的就要数马克·吐温的名著《汤姆索亚历险记》了。书中的很多人物都是作者以童年生活中接触的真实人物为原型塑造的,主人公更是作者自身的童年写照。实际上,马克·吐温的童年生活并不富裕舒适,全家数口人挤在一个小且简陋的小木屋里,然而马克·吐温始终保持着乐观向上的精神,充满对生活的热爱和激情,写出了如此有趣的作品,并成为一位文学名匠。面对 Mark Twin 的童年故居,我对这位作家的崇敬之情油然而生。

最让人兴奋的要数户外运动了。虽然活动当天气温有 30 多摄氏度,太阳辐射很强,但我们仍然玩得非常开心。迷你高尔夫球考验着我们对力度的把控能力,棒球运动锻炼着我们击中目标的准确性,卡丁车比赛考验了我们的勇气和智慧。整个下午,我们都沉浸在愉快的活动中。

游览 Ha HaTonka State Park 的过程中,我们欣赏到了当地秀丽的自然风光。Ha HaTonka State Park 是一个天然的山区,山脚下碧水环绕,山上草木葱郁。我们踏着 380 余步台阶攀上山顶,去参观存留下来的一处古堡遗址。曾经辉煌雄壮的古堡只剩几处破败的石墙,驻足凝望后,不免心生喟叹。

走进未知的世界——记2014年密苏里大学大数据分析暑期体验项目

马克·吐温童年故居博物馆

  这是我第一次出国参加的访学活动。在密苏里大学近20天的日子，我感受良多。

  我们的居住地生活环境优美，而且居民素质高。闲暇之余，我会和同伴一起到学校附近走走。密苏里大学所在的哥伦比亚小镇位于美国中西部，地广人稀，民风淳朴。在路上散步时，可以遇到虽不相识却热情地向我们打招呼的当地人。有一次，我们在游览学校里的著名景点时，一位路人看到我们拿着相机、疑惑地看路的样子，便热心地告诉我们附近的一处

跟我一起看世界　中国地质大学(武汉)本科生短期访学纪行

标志性建筑,推荐我们去那里观赏。起初我们还对此感到诧异,但渐渐地就习以为常了,因为那里的人大都这般友善。漫步在校园里,周围都是大气典雅的建筑物,道路干净整洁,处处都有碧草鲜花,偶尔还能遇到觅食的小松鼠、小鸟,看到这些美景,心情好不舒畅。然而,要想到校园外逛逛,没有汽车,真是寸步难行。美国的高速公路密布,对于驾车出行之人,十分方便,而如果没有车,只靠步行,可就惨了。还好有两位热情的助教为我们当导游。在一个周末,一位助教开车带我们到附近的一个商业区逛了逛,让我们感受到了美国商业区的繁荣。由于高度的商业化,美国的平民用品,如日常服装、洗发水等,价格都很低廉。手机、平板电脑等电子产品也因科技快速发展而售价不高。在使用信用卡购物时,我们两个作为习惯国内支付方法的外来人对当地人只需要刷卡签名而不必输入支付密码的支付方式感到十分惊奇。在我们看来,这种支付方式危险性太高了。而在美国长期生活的助教告诉我们,这种做法缘于美国整个社会都是建立在诚信基础上,即只要有信用卡,就可以消费。商店的服务也很诚信,只要用户不满意,提出合理的退货理由,商店都会按照规定退货。

在所有学员中,来自中国的大学生主要由香港城市大学和我们学校的学生组成。我总是有意无意地观察那几位来自香港城市大学的学生,与自身进行着比较,分析我们各自的特点和不足。香港城市大学的学生英语交流能力要比我们强。由于他们在大三时已有过一段相当长的时间的公司实习经历,所以编程能力更突出,项目经验也更丰富。他们更加独立,更加自主。我们两个中国内地学生因为是第一次出国生活,所以总喜欢一起活动,相互依赖,相互帮助,对于其他人则不习惯亲近,适应环境的能力也不是很强。中国香港的同学虽然也总是相互结伴活动,但他们的适应能力更强,也更加积极主动地结识新朋友,很自信地和陌生人交流。他们还自己规划行程,到路途遥远的大城市旅游,身在异国他乡,却如本地人一般自如。在课堂上,他们也更加活跃。相比之下,我们两个来自内地的学生则较为内敛，不如中国香港的同学大胆和主动。不过中国香港的同学的作息时间在我看来不太合理，他们虽然经常学习到很晚，但也时常打牌到凌晨，第二天早上睡懒觉，不吃早饭。而且他们在编程时擅长的是机械式编码，在对算法的理解和分析方面似乎也还有所欠缺。对于理论的深入理解方面，我想我们或许会略胜一筹。密苏里大学里也有不少其他的活动团体，其中与我们接触较多的有一个印度学生组成的团体，他们参加一个和我们类似的活动，是关于机械制造的。那些印度朋友几乎都来自同一个城市，肤色稍深，给我最大的印象就是充满活力。在一次外出活动中，我们和那群印度朋友同坐一辆校车，途中，他们情绪高昂，大声齐唱了很多印度歌。虽然歌词的意思我们都不懂，但是他们兴奋激昂的歌声感染了车上所有的人。

学校餐厅的饮食

跟我一起看世界　中国地质大学(武汉)本科生短期访学纪行

在密苏里大学待的时间一长,新鲜劲儿一过,思乡之情便如泉涌般从我心底汩汩而出。感受最为强烈的是味觉,中国菜在学校餐厅里根本寻觅不到,那些汉堡、沙拉尝鲜还行,但实际上既不好吃,又不营养,时间一长就吃不下去了。还真是想念中国的美食呀!

这次的访学活动,让我既收获了新的知识,又体验了美国的风土人情,获益良多。活动不仅让我的学术视野更加开阔,也更放飞了我的心灵和思想。我会将此次访学活动的经历珍藏在记忆中,让那扇由它开启的世界大门永久敞开。我将从那扇门中不断获取成长的阳光和养料,走向更加广阔的未来!

绽放的盛夏
——记2015年布莱恩特大学短期访学

地球科学学院　杨劲晨

这个暑假,我通过申请获得了参加学校举办的布莱恩特大学暑期短期游学活动的机会。虽然出国时间非常短,可是在这个活动中我收获了很多。接下来我就介绍一下在美国这半个月的日常行程和所见所闻。

在当地时间2015年8月3日晚7点,我们准时到达了波士顿机场,布莱恩特大学中美交流所的老师接待了我们,并送我们坐上了通往布莱恩特大学的校车。美国东部的乡村风景不同于中国,很少有田地,以山和树林为主,农家也较少。夜晚的美国给人一种宁静感,尤其是在大学的附近。在当地时间晚上8点30分我们到达了布莱恩特大学,并且与布莱恩特大学的学生有了一个初步的认识,他们都是性格开朗、非常好相处的大学生。为了让我们交流不困难,他们还在手机上下载了APP词典,足以证明该校也很重视这个交流机会。

从8月4日开始,我们开启了在美国东部的学习之旅,前期主要是在布莱恩特大学参加教授举办的讲座和游览美国东部的著名人文景观。

通过参加各种讲座,我们从政治、历史、经济、文化、地质地理和科学意识等多个方面对美国有了一个大致的了解,这对于日后出国的学生是必不可少的学习内容。

在历史方面,美国也曾经有过非常不合理的政治制度,不过随着人权意识的觉醒,这些不合理的制度逐渐被废除,比如说废除奴隶制度和女权运动都是美国历史上非常重要的事件,从历史与政治结合的观点来看,这是美国政治制度的改革和发展的必然趋势。

美国人的科学素养更多的是在实践中培养。他们提倡有不懂的问题就去做,去试验。在科学问题的研究上,美国教授提倡我们有任何问题都需要先自己实验,他对于自己儿女的教导也是如此。而中国恰恰相反,更喜欢在理论和逻辑中推理,想必这也与中西方的历史文化差异有关。唯有将二者结合才是真正的科学学习之道。

在讲座之余,我与同行的朋友们会在美国大学的校园内打球,美国的大学没有围墙,面积感觉相对较大,闲暇之际显得非常宁静。除了讲座,我们每天还会有出游活动,通过游览一系列人文景观,可以拓展国际视野,增长人生阅历。从纽波特到波士顿再到纽约,不同类型的城市具有不同样式的风景,真的对我有很大的触动。首先我们参观了纽波特普罗威登斯。纽波特是一个很小的海港城市,具有一种静谧和祥和的气息。从码头看向无边无际的海洋的那一刻,我感触颇深,被大自然的美所震撼。我们还参观了相应的 Marble House(云石别墅),这是一处非常具有历史意义的景观,但是由于 Marble House 内禁止拍照,所以很遗憾并不能照到 Marble House 内的景观建筑。

我们参观的第二个城市是波士顿。波士顿作为一个大城市却并没有大城市的喧嚣。在波士顿的当天我们还参观了两个世界顶尖高校,麻省理工学院和哈佛大学,让我切身感受到了浓厚的学术氛围,尤其是麻省理工大学(MIT)里的地质学矿物标本更让我体会到地质学的"高、大、上"。

作为一名地质学的学生,想必有很多学生都希望能在 MIT 进行深造。这次参观 MIT 也为我之后的学习起到了激励作用。我们上午主要参观了自由女神像。虽然在书上见到过很多次自由女神像,但是当它真正出现在眼前时,还是给了我不小的震撼。下午我们以小组为单位进行独立的走访,我和秦梓菲、刘晓涵、王一尘、John、Toshi 和 Alex 一组。我

们参观了华尔街、帝国大厦的遗址、时代广场。以前在电视上才能见到的地方现在竟然亲眼见到,内心还是十分激动的。最让我难忘的是纽约火车站的装饰,其古典的风格仿佛将我们带回了过去。

在东部我们参观的最后一个城市是普罗维登斯(Providence)和罗德岛州的州政府,一如既往给人一种宁静的感觉。我们还参观了艺术博物馆,里面有各种各样的文化展示,从古埃及的木乃伊,到印度的佛教,再到我国的青花瓷文化以及西方艺术画展。同时我们还参观了美国的国球比赛——棒球比赛,虽然看不太懂,但赛场的氛围一样激动人心,可以感受到美国人民对于棒球的热爱,即使是未满学龄的孩子也十分热衷于此项运动。

东部的旅行很快就告一段落了,取而代之的是在西部的地质考察和实习。我们在美国西部见到了许多地质现象,并将其一一描述下来。

地质现象的观察主要集中在美国西部地区,分为地层、古生物、气候、地貌4个部分。对于地层部分的地质现象,主要观察了美国西部的玄武岩地层。该地层玄武岩表现有明显的原生节理构造,即柱状节理构造,属于厚层基性熔岩。垂直于接触面具有张节理,彼此夹角约为120°,切面呈六边形。地层成层性明显,属于多期火山熔岩喷出叠覆的产物,说明地层形成时期此地的火山作用强烈。

在古生物方面,在美国西部观察到了硅化木和大量第三纪(古近纪+新近纪)植物化石。硅化木是埋藏后被水中SiO_2替换形成的,呈淡黄色,保留着树木的结构和纹理。

第三纪的植物化石主要是以印痕化石为主,部分保留了完好的有机质,可见鲜艳的颜色保留在泥岩中,保存得非常完好;可见植物叶片的叶脉,叶片大小与现代植物相似。

美国西部的气候分异最为明显,科迪勒拉山系以西是非常潮湿凉爽的气候,而以东则是干旱的半沙漠气候。我认为其主要原因是太平洋的

跟我一起看世界　中国地质大学(武汉)本科生短期访学纪行

美国西部地区的地质现象(一)

美国西部地区的地质现象(二)

海风在科迪勒拉山系上升过程中水分被冷凝而导致降水,使得迎风坡湿润,而背风坡因风中无水分而干热。

在地貌方面,该地区被一层又一层的火山熔岩所覆盖。后来,熔岩冷却下来,变得和玄武岩一样硬。再后来,岩石上覆盖了一层西风带来的细小泥沙(黄土),泥沙经过日积月累,慢慢形成了不计其数的新月形山丘,塑造了西部地区独具特色的地形,即一块一块的丘陵鳞次栉比,同时浅丘陵、山脉以及山中盆地和小块平原交错并存。

在观察了美国西部的地质地貌后,我感触良多。首先对于国内而言,在峨眉山外我们很难观察到大陆玄武岩,而这次西部的考察却给了我一次机会去观察玄武岩地层,而且科迪勒拉山系东西气候分异也是十分有趣的地质地理现象。通过西部的考察,我不仅仅提升了自己在专业课上的认知水平,更树立了学习专业课的信心。

半个月的美国游学生活很快就结束了。首先我想感谢地球科学学院对我这次出国游学给予的支持。这次游学活动极大地丰富了我的人生阅历。当然也感谢每一位布莱恩特大学的老师和同学,正是他们的悉心帮助才让我们更快地适应了在美国的生活节奏,减少了语言方面的障碍。

如果有机会的话,我会继续选择出国学习,因为国外的生活经历确实让我受益匪浅。我希望学弟学妹们积极申请参加游学活动的机会,因为实践出真知。

跟我一起看世界 中国地质大学(武汉)本科生短期访学纪行

我的枫叶国之旅
——记2015年加拿大滑铁卢大学短期访学

经济管理学院(双语)　常智俐

梦中的滑铁卢

滑铁卢市是加拿大安大略省南部的小城市,位于多伦多以西1小时车程处,距尼亚加拉瀑布1.5小时的车程。与另一城市基奇纳毗邻,被称为K－W"双子城"。被誉为加拿大硅谷的滑铁卢市,坐拥黑莓公司(原RIM公司)总部和谷歌(Google)研发中心,是一座有名的科技城市。

在加拿大的城市中,耳熟能详的应该是多伦多、温哥华之类的城市。所以,最开始提到滑铁卢,我不由自主地就会想起1815年6月18日,拿破仑一世的军队与英、荷、普联军在滑铁卢(比利时布鲁塞尔以南20km处的居民点)进行的一次交战。拿破仑自以为

滑铁卢街角

雄才伟略、攻无不克,却没有想到在滑铁卢一役中被打得一败涂地。拿破仑一直打胜仗,直到在滑铁卢大败后被囚禁。所以,滑铁卢用来形容由成功到失败的转折点。但是此滑铁卢非彼滑铁卢。加拿大滑铁卢起名于那场大战之后的1816年,城和镇都使用同样的名字。如今它因尼亚加拉大瀑布、滑铁卢大学而闻名。

当然,滑铁卢市没有让我失望。在这个幽静的小城市中,湛蓝的天空、干净的街道、一栋又一栋小屋、小屋外的装饰、窗台上盛开的鲜花,都仿佛诉说着自己的故事,无一不让我们为这个城市沉醉。

在这里我们体会到了缓慢舒适的生活方式。远离市中心的地方可以说是人迹罕至,马路上看到的最多的是加拿大的国宝——鹅,它们优哉悠哉、十分闲适。有时候还会看到其他的野生动物,让我真正感受到了人与动物的和谐相处。这里晚上10点才天黑,然而在周末,商场、饭馆大都下午5点就关门了,让我们倍感无奈,不能享受逛与吃的乐趣。

美丽的天空　　　　　　　　　　夜晚的滑铁卢

跟我一起看世界 中国地质大学(武汉)本科生短期访学纪行

滑铁卢大学

滑铁卢大学,简称UW,是加拿大滑铁卢市的一所著名大学,于1957年建校,以数学、电脑、工程学科闻名。它拥有全球最大的数学系(因其拥有最多的教授)。滑铁卢大学的代表队曾多次获得ACM(国际计算机学会)国际大学生程序设计竞赛的冠军。滑铁卢大学是一所以研究为主的中等大小的公立大学,以学习与实习并重的合作教育而闻名,本科生在课程学习期间可在相关机构开展实习工作。微软公司主席比尔·盖茨曾于2005年秋季访问滑铁卢大学并作演讲,滑铁卢大学也是他到加拿大访问的唯一一所大学。在演讲中,比尔·盖茨提到滑铁卢大学曾经是微软在全世界雇用最多毕业生的大学。

加拿大滑铁卢大学正门

国外的大学很少有明显的标牌,而且因为占地面积广,大楼非常分散,所以校内的主要交通工具为校内公汽。我们在滑铁卢大学学习期间,一直都住在瑞尼森学院里,那里设施完善,距离上课的地方只有几分钟的路程。

滑铁卢大学瑞尼森(Renison)学院

风雨后总能见彩虹

如果你问我,到目前为止,让我最难忘的一次旅行是哪个?我一定会毫不犹豫地告诉你:是我20天的滑铁卢之旅。不仅因为它是我的第一次出国游,更因为在出国之前我们的香港机场3日游。出发前一天,广州突发台风,这突如其来的台风登陆让我们十分担心第二天从香港飞上海的飞机是否能如愿起航。幸运的是第二天广州的台风停了,然而就在我们满怀期待，以为能顺利出发的时候，上海的台风登陆。飞往上海的飞机全部被取消。机场里面人心浮躁，改签处的人群拥挤不堪，我们从下午3点一直排到凌晨，这已经是我们在香港机场的第二天了，也是我们在香港机场的第二夜，没错，我们夜宿香港机场。后来每次我都开玩笑地说香港机场快成我家了。第三天上海台风终于过去了，在我们终于抵达上海，以为能顺利飞往多伦多的时候，不幸再次降临在我们身上，由于台风刚过、机场混乱，导致我们没有赶上飞往多伦多的飞机，这就意味着我们还要在上海呆上一天。雪上加霜的是原定于第二天的飞机晚点5小时……在我们最终登上飞往多伦多的飞机，并且享受了滑铁卢的愉快之旅后，我不得不感叹风雨之后还是能见彩虹的啊！

在滑铁卢的学习

我们参加的这个项目名称是 Exploring Science，顾名思义是学习与物理有关的课程，包括电容器、生物、天文学。当真正地参与到了外国大学的课堂中学习时，我深刻感受到了我们的大学课堂与外国大学课堂之间的不同。

与中国大学不同的是，外国的大学有3个学期，他们通常要在很短的一段时间内学完很厚的一本书，除了老师的讲解之外，个人的自学是必不可少的。并且他们基本上每一个星期都有一次测试，测试的内容可能会包括之前一个月或上个学期学习的内容。我觉得这样虽然很累，但也真正学到了知识并且将它牢牢掌握。

上午我们和滑铁卢大学的学生一起上课，下午上以小班教学为上课形式的英语课，分别是训练听力和口语。两位英语课的老师都非常可爱，他们纠正了我们的发音，提高了我们的英文演讲水平。总而言之，我觉得

在这里的20天非常有意义,不仅玩得开心,还扩展了视野,受益匪浅!

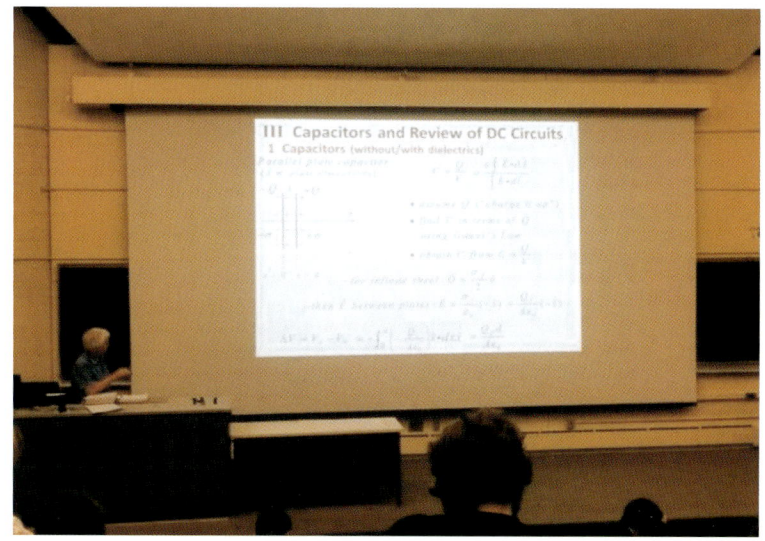

英语课的老师在认真讲解学习内容

课堂一景

跟我一起看世界 中国地质大学(武汉)本科生短期访学纪行

  登上塔楼,可以俯瞰多伦多市的景色,远处高楼林立,马路上车辆来往匆忙,更远处安大略湖像颗明珠般闪闪发光。不同于滑铁卢的安静闲适,这里充满都市化的气息,不同种族、不同文化在这里交织,也别有一番风味。

同学们在塔下合影

第二站 保龄球＋划船

同学们参加活动合影

第三站　尼亚加拉大瀑布(Niagara Falls)

来到加拿大,来到多伦多,一定要去的一个景点就是尼亚加拉大瀑布。尼亚加拉大瀑布是世界第一大跨国瀑布,是美国与加拿大最知名的风景之一,位于纽约州水牛城附近的美国与加拿大边境,伊利湖和安大略湖之间,也是美洲大陆最著名的奇景之一。平均流量约$5720m^3/s$,与伊瓜苏瀑布、维多利亚瀑布并称为世界三大跨国瀑布。尼亚加拉大瀑布上游的水流到了悬崖,一泻千里,超过约0.056km的高度再加上洪流的巨大冲力,冲刷出7km长的峡谷,澎湃的气势,犹似千军万马,在峡谷回荡不已,令岸边的游客无不像着魔了一般,目瞪口呆,深深地被尼亚加拉瀑布的爆发力震撼。

尼亚加拉瀑布实际由3个部分组成,从大到小依次为:马蹄形瀑布(Horseshoe Falls))、美利坚瀑布(American Falls)和新娘面纱瀑布(Veil of the Bride Falls)。马蹄形瀑布,位于加拿大境内,其形如马蹄;美利坚瀑布在美国境内,由山羊岛隔开;新娘面纱瀑布,也在美国境内,由月亮岛隔开了其他两个瀑布。

观赏尼亚加拉大瀑布必不可少的就是乘坐游船。游船取名"雾中少女"。据说300年前,居住在当地的印第安人震慑于自然的威力,于每年收获季节时选一天,集合全村少女,酋长站立中央,引弓对天放箭,箭尖下落,离哪位少女近,这一少女即被选为代表,送上独木舟,舟中装满谷物水果,从上游顺着激湍冲下,坠入飞瀑中。于是人们都说尼亚加拉大瀑布的雾气,便是少女的化身。

在上船之前每人领取一件雨衣。游船先经过美国瀑布,然后开往加拿大瀑布,在这里可以很真切地感受到瀑布狂泻直下而产生的巨大水汽与浪花,水势汹涌犹如千军万马,惊心动魄。大瀑布总是敞开胸怀欢迎所有的来访者,游船只是略略靠近瀑布,便被落下的水浪冲击得大幅摆动,暴风雨般的水珠会劈头盖脸地砸来,此时再好的雨衣也无法抵御大瀑布

 **跟我一起看世界** 中国地质大学(武汉)本科生短期访学纪行

尼亚加拉大瀑布

的盛情,所有的乘客都会随着雷鸣般的水声兴奋地欢呼起来。游船穿梭于瀑布激起的千万层水汽中,从岸上看,真是如同"雾中少女"一般。

我的枫叶国之旅——记2015年加拿大滑铁卢大学短期访学

毕 业

转眼间20天过去了,犹然记得,毕业典礼那天所有老师盛装出席为我们庆祝,或许他们还会遇到一批又一批我们这样的学生,但是对于我们来说,他们是独一无二的存在。离开的车辆已经出发,助教在远方向我们挥手,窗外熟悉的风景一点点远去……

再见了,滑铁卢!再见了,加拿大!

我们的毕业照

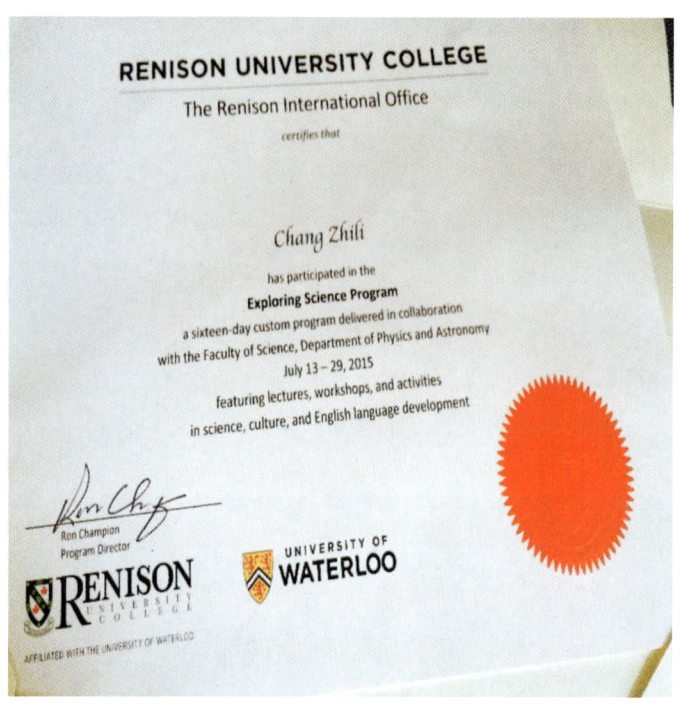

毕业证书

体验与成长
——记2014年美国俄亥俄州立大学短期访学

外国语学院　刘维佳

　　回国已有数十日之久,走在校园的林阴小路上,抬头看着阴郁的雾霾天,瞬间回想起美国的蓝天、白云、绿草,我的思绪也随之飘至一个月以前。那时的我站在首都国际机场 T3 航站楼候机室里的落地窗前,看着近在咫尺的美联航飞机,我想:我真的要出发到地球的另一边了吗?尽管这是我期盼已久的时刻,可是内心却还是惶恐不安。没错,这是我从小到大第一次独自出远门,在本地上大学的我似乎从未经历过与家人、与家乡的久别。本来就恋家的我从和父母暂别的那一刻起,心情就飘忽不定,似乎任何一个思乡因子都能使我潸然泪下。可是这并不是上战场,又何必小题大做,所以我努力转移注意力、调整心态,告诉自己:这将是一场精彩的旅行,既已迈出第一步,理应坚持到底。就这样,我说服自己,擦干眼泪,微笑登机。

　　到哥伦布市时已近凌晨,坐上接我们的大巴车,我一路看着窗外的风景,不禁感叹:这就是美国,我真的来了。大巴路过 OSU[①],教学楼灯火通明,幢幢高楼错落有致。当我第一次步入 OSU 的校园时,就感受到了浓厚的学习氛围。在蓝天绿草中,学生们在草坪上晒着日光浴。通过一天的熟悉,我就爱上了这座美丽的大学校园。

[①] OSU 在本文即指美国俄亥俄州立大学。

跟我一起看世界 中国地质大学(武汉)本科生短期访学纪行

在心理课课堂上,大家在教室里围坐成圈,都自由、踊跃地表达自己的想法,课堂气氛活跃。老师坐在我们中间,由她提出一个问题,然后我们一一表述自己的想法,在此过程中,老师会慢慢引导我们向她心里所想的答案靠近,直到最后说出正确的答案。课堂上,她还请同学和她配合表演,来向我们形象地展现心理学的知识。在笑声中,我们感受了心理学的奥妙和魅力。

学习之余,每周一、三、五的下午,俄亥俄州立大学接待我们的老师还为我们安排了丰富的参观活动,帮助我们从各个方面了解俄亥俄州及俄亥俄州立大学。比如我们参观了俄亥俄州立大学的篮球馆和橄榄球馆。该校的橄榄球联赛大学是密歇根大学,每年两个学校都会举办大型比赛,这将是两校球迷学生的盛会。美国是一个橄榄球文化浓厚的国家,几乎每一个年轻人都会玩橄榄球,人人也都喜爱橄榄球。我们参观了队员们

俄亥俄州立大学篮球场馆

的训练馆、休息馆,还有候场区以及他们的队史馆和名人堂。虽然我们对橄榄球文化感到陌生,但能感受到这里的学生对橄榄球深深的热爱。

他们优良的居住环境和安逸闲适的生活环境让我印象深刻。几乎每家每户的门前都会摆放一只茶几和几把小躺椅。白天没事的时候坐在这里看看报刊书籍,喝上一杯醇香的咖啡,真是令人惬意。当我们第一次参观美国人的住宅区时,便被这一片维多利亚风格的别墅群所深深吸引。在这里还有一段小插曲。当我和小伙伴们沉浸在这舒适的环境中无法自拔,想在每一幢小别墅门口留影纪念时,却完全忽略了这些都是民宅的事实。终于,当我们毫无顾忌地走进一幢别墅并准备在门前的小躺椅上照相时,主人突然开门冲了出来,询问我们是否有事。我心里咯噔一下,突然想起来这是私人民宅,我这样随意闯入是何等的不礼貌。想起美国人和英国人非常注重私人空间,我竟然就这样闯进去,实在是尴尬,于是我们向主人道歉并匆匆离去。这样的经历也让我对所学的知识有了更深层次认识。这样的经历同样也是难得并且难忘的经历。

其实除了纽约、波士顿、芝加哥等大城市会有令人窒息的快节奏生活外,类似于俄亥俄州哥伦布市这种生活节奏较舒缓的城市的居民都过着非常安逸的生活。我们还去参观了Topiary Park。这是唯一一个根据画家的画作修建的公园,我们能在公园里看到很多园艺作品,比如被裁剪成各种形态的树木等。有许多夫妇带着自己两三岁的孩子来公园野餐,我心想:这不就是我常在美剧里看到的美国人的生活嘛!在中国,人们在周末就是抓紧时间休息,因为一周的工作实在是身心俱疲,让人们很难有心情来到如此环境优美的公园野餐。正好那天有一个爵士乐队的演出,大家纷纷围坐在乐队面前的草地上观看。演出中,许多小朋友们上前跳舞,我默默地观察着这些小朋友,发现大多数小孩子都是独自上前,尽管彼此并不认识,却能非常自然地三五个聚在一块儿,大手牵小手,愉快地起舞。偶尔会有小朋友跌倒,但他们会自己慢慢地爬起来,家长并不会像中国家

跟我一起看世界 中国地质大学(武汉)本科生短期访学纪行

根据画家画作修建的公园——Topiary Park

长一样马上上前去扶起他们。同时,有些家长也会上前去和自己的宝贝一块儿跳舞互动,看着这画面实在令人感动和羡慕。

美好的时光总是短暂的,两个星期的课程转瞬即逝,体验就是如此,刚刚尝到滋味便要离开。我完成了在俄亥俄州立大学的学习并顺利结业。

在美国,我深深感受到了人与人之间的情谊。美国人的亲切友好、美国人的热情好客,都给我留下了深刻的印象。过马路时,司机看到行人,会在距离行人数十米的地方停下;当我要进门时,前面的陌生人会为我把住大门,他们的行为感染了我,现在我也形成了这样的习惯;美国人习惯将"Thank you""Excuse me""Sorry"挂在嘴边。在商店或是人多的场合偶尔会有人向我打招呼,问我从哪儿来。还记得那天和小伙伴在天快黑时还没有等到回宾馆的校车和巴士,就在要绝望的时候小伙伴勇敢地拦下一辆车并询问是否可以搭便车,当时的我还觉得这样做不妥,没想到车里的这对印度夫妇非常热情地答应送我们回去,并且分文不要,还对我说这是他的荣幸。当时我那复杂的心情,溢于言表。

以前就听说美国人很注重诚信,来到这里的这些天我也深有体会。比如那天和同学买衣服付账时,同学发现屏幕上的价格和自己看的不符,便向收银员反映并希望她再去查验一下,收银员立刻更改了屏幕上的价格,并对她说:"I believe you。"我和同学难以置信地对视。

结束了两周的学习生活,我们便踏上了东海岸之旅。虽然行程安排得不尽如人意,整日坐车浪费了太多时间,但这也越发展现出陶导的名言"永恒的刹那,刹那的永恒"。9小时的车程换来1小时的游玩,来之不易,让人越发珍惜。我们领略了花园首都华盛顿的真容,还有白宫、国会大厦、博物馆、纪念碑等;在美国国家自然艺术博物馆欣赏了颇多世界名画,艺术气息扑面而来,瞬间折服了我们;被尼亚加拉大瀑布的绝美景色所震撼;被波士顿和纽约的繁华所迷醉……从未想过自己会与这些荧幕上才能见到的建筑亲密接触,一切都显得那么不真实。

这次短暂的访学不仅让我感受了美国人的生活方式,还帮助我提高了口语水平(尤其是日常用语),提高了独立生活的能力。这次的访学体验也更加坚定了我要出国读书的想法,不论如何,能够来此体验一两年,真正经历一下不同的教育方式,将成为人生中一笔巨大的财富。在今后的日子里,我会更加刻苦学习、提升自我,改进自己的不足,两年后凭借自己的能力再次踏上这片沃地。

剑河之水，叹息之桥
——记2014年英国剑桥大学短期访学

经济管理学院　李晶晶

欧洲许多名城周边都有适合一日游的地方，譬如，巴黎凡尔赛宫、罗马庞贝古城、柏林波茨坦、马德里至托莱多、布鲁塞尔至滑铁卢……而伦敦周边最适合一日游的当数剑桥，它位于伦敦以北80km处，坐火车或巴士都需要1小时左右。在初次访问剑桥大学前，只知道剑桥大学是一所历史名校，殊不知，在朋友的介绍下才了解到，剑桥大学因剑桥这座小镇而得名。与中国的城市相比，剑桥郡虽与省、市齐名，却是一座小而充实的小城。剑桥大学的各个学院便深深穿插在这个城镇的每一个角落。

虽说剑桥郡方圆40多千米，相当于七八个西湖，可是市中心却芝麻一点大，只有几条窄窄的小街。在这里，三一学院和国王学院并肩而立，游人参观要收费。来一趟剑桥不易，不参观这两座学院，等于没来，总得在牛顿塑像和苹果树前照张相吧。不过幸运的是剑桥大学本校的小伙伴可以带我们免费参观噢。

归途经过顶楼桥。桥下有个埠头，这是租船划水的四个去处之一。小黑板上写着，船费每小时12英镑，折合人民币与西湖的游船价格不相上下。只是这里的木船长约4m，宽度不到60cm，且有个特别的名字——Punt。剑桥人称撑船为Punting，有幸我也尝试了这种不一样的撑船方式，只不过，看起来容易，行动起来却发现思维和手脚并不能协同进行。

在剑桥的中国人恐怕都会想起徐志摩的《再别康桥》，他在剑桥旁听

剑河之水,叹息之桥——记2014年英国剑桥大学短期访学

剑河

跟我一起看世界　中国地质大学(武汉)本科生短期访学纪行

了一年。剑河里有小木船划过，岸上杨柳青青，远景便是三一桥。桥右边是闻名遐迩的三一学院，它的毕业生除了牛顿以外，还有培根、拜伦、丁尼生、麦可斯韦尔、罗素、尼赫鲁、纳博科夫，以及31位诺贝尔奖得主。

剑桥大学创建于1209年，是世界最古老、最顶尖的大学之一，至今已有800多年历史。它也是诞生诺贝尔奖（简称"诺奖"）得奖者最多的大学，历史上产生了90多位诺奖得主。有31所自治独立的学院，每个学院建校时间不同，建筑风格不同，学院教与学的特色也不同。该大学拥有150多所科系和研究机构，图书馆众多，不仅设有综合性研究图书馆，各个学院、各个科系还各设自己的图书馆，全校共计149个图书馆，各个图书馆资源非常丰富。其拥有先进便捷的网络设施与教学场所，实行高效的小班教学，每年都会举办大量开放的学术研讨会。

开放式课堂

对于剑桥大学，我感受最深的是开放平等的学术氛围。首先是高效的小班教学，为每一堂课的平等交流打下基础。我分别听过本科生与研究生的课程，绝大多数是小班制，多则十几人，少则四五人，课桌围成方形，师生环周而坐。课程表提前注明授课方式，大多是讲座式或研讨式。讲座式授课，以老师讲课为主，学生可以随时打断老师进行提问，老师随时进行解答，解疑释惑的教学效果非常显著。在小班制课堂上，即使随时打断老师讲课，也不会过多影响授课进度。研讨式授课，老师相当于主持人或点评人，以学生讨论为主，老师在上次课结束时，布置下次课的讨论主题及参考书目，学生在课余时间做好讨论准备。因为在小班制课堂上，每个学生发言的机会都很多，交流与思想碰撞的效果明显。还有的课程采用授课加研讨的方式，连续两节课有三分之二的时间是授课，其余时间由学生讲,发展研究中心教授的成果展示课(presentation)便是这种类型。

其次是开放的学术讨论会。比如法国老师的品酒课,一边品尝不同口味、不同浓度的红酒,一边和老师探讨不同酒的口感并猜猜它的品牌。

我是经济学专业的学生,因此对博弈论格外敏感,中英发展中心恰巧给我们安排了博弈论

课程讨论会现场

(Game Theory)这门课。我还喜欢的一门课程是由 David McMullen 教授(金庸在剑桥的博导)为我们讲述的红楼梦,听中国人讲解红楼梦和听外国人讲解红楼梦绝对是两种不同的感受,当作为一个中国人对自己国家文化的了解只是浮于表面,而一个外国人却能对中国的历史文化进行深刻剖析时,这既体现了中华文化的源远流长、博大精深,也从另一个侧面反映出我们这一代人在学习历史文化上的不足。

很喜欢剑桥的课程教育方式,它并不局限于课堂中严肃的氛围,没有任何一位老师是拿手稿讲课的(也许他们为第二天的课熬夜准备文案),可是从他们上课的言谈举止中,我可以肯定的是,他们知识渊博、善于交际,有着一种发自内心的自信。

跟我一起看世界　中国地质大学(武汉)本科生短期访学纪行

如茵的草坪

作为英国的最高学府，剑桥大学和牛津大学最有特色的应该是它们的学院制。任何一位学生或老师，既属于某一个系，又属于某一个学院。系管理教学和研究，学院管理生活，包括吃住、娱乐和宗教礼仪，还有学业辅导。

显而易见，这样的学院不同于通常意义的学院，后者分为文、理、工、法、商、管等，可谓是以相近的专业类聚，在世界上较为普遍。

剑桥大学国王学院

据说，学院制起源于巴黎大学，现在除了剑桥大学和牛津大学以外，还有英格兰北部的杜伦大学是学院制大学。这类学院汇聚了各式各样的人才，师生们可以相互交流，让知识融会贯通。如三一学院的导师里，除

了牛顿以外,还有物理学家麦可斯韦尔、计算机先驱巴比奇、哲学家罗素、印度数学家拉曼纽扬、奥地利哲学家维特根斯坦等。

除了杰出的人才以外,每个学院的建筑也各具特色,尤其是礼拜堂、图书馆,还有就是草坪。英国人善于拾掇庭园,尤其是把草坪修剪得极其美丽。当然,这并不是英超(英格兰足球超级联赛)比法甲(法国足球甲级联赛)吸引人的主要原因。

剑桥大学的每个学院里,都有如茵的小草坪,而院外的大草坪是学生休憩、游戏的场所,也是展示学院魅力的地方,通常有几个足球场那么大。

充实的生活

如果说到在剑桥的生活,以我有限的知识并不能找到一个合适的词去形容。因为忙碌中夹杂着悠然,闲适中又有几丝匆忙。每天除了吃饭就是上课,课余时间并不很多,却也都用在了购物中。总觉得应该多买一点英国本土品牌的东西,于是流连于独具英格兰特色的小杂货店,能在里面找到一些喜欢的商品。

剑桥郡气候湿润,花草树木四季常青,环境清净优美,业余文化生活丰富。但物价高,人工成本高,房租高,消费成本高,百姓也常常抱怨物价上涨,生活压力大。剑桥郡的生活消费品大量靠进口,新鲜蔬菜、新鲜鱼肉等种类不是十分丰富,日常出行也不是很便捷,公交费用较高且耗时长,而阴雨天气又限制了电瓶车的使用,所以自行车遍布全市,骑车者上至八旬老人,下至几岁幼童。

超市像一个巨大的冷库,但是正是有这样的室内环境才能保证食物的新鲜度。英国人真的是一个很讲究的民族,从简单的衣食住行便可看出,他们追求的是一种简单惬意的生活。Amy(我们在英国的带队老师)

带我们去剑桥最火的酒吧——老鹰酒吧,去实地感受这份惬意。这个酒吧是二战后遗留下来的,历史悠久。酒吧在当地很受欢迎,下午 5 点就聚满了客人。英国人常喜欢端着一瓶黑啤,一边聊天一边品酒,据说仅这一杯他们可以一直坐到凌晨两点,很是惬意。我们也有幸品尝到了英国最受人们欢迎和喜爱的炸鱼、薯条和黑啤。

剑桥大学开放式课堂、如菌的草坪,剑桥郡那一个个独具苏格兰特色的小杂货店,以及超大的"冷库"超市、最火的老鹰酒吧,至今仍像一幅幅电影片断,在我眼前浮现。

剑桥,我们还会再见!

读万卷书,行万里路
——记2014年罗兰大学短期出国访学

珠宝学院　王瑜卿

　　学校安排的暑期罗兰大学短期访学着实令人期待,我早早地就安排行程、准备行囊并了解一切与匈牙利罗兰大学有关的信息。终于在7月28号登上了前往欧洲的航班,从北京时间到欧洲时间,漫长的飞机旅途,让我常常调侃自己,追了二十四小时的太阳,终于在布达佩斯见到了月亮。在匈牙利罗兰大学短期访学的这段日子里,是我第一次与同学一起踏入语言障碍重重,文化风俗习惯与中国大相径庭的国度,其间饱受泪水与欢乐、挫折与成功。生活时间虽短,但是经历颇多,这将成为我以后人生道路上不可多得的宝贵财富。

　　罗兰大学创建于1635年,是一所具有370多年悠久历史的现代化大学,是匈牙利历史悠久、规模最大的名牌学府。自建校以来,罗兰大学培养了很多世界著名的科学家,其中已经或正在罗兰大学学习并工作过的匈牙利裔诺贝尔奖获奖者共有5位。在罗兰大学访学的这段时间内,不管是在学术研究上还是在生活阅历上,我都有很大的收获。尽管在匈牙利语的学习上我还是很吃力,但通过这次活动却让我增长了知识,开阔了视野。那些西方优秀的艺术设计更让我心潮澎湃。

跟我一起看世界 中国地质大学(武汉)本科生短期访学纪行

学术上的收获

每天早上8:20从宿舍走到公交车站,然后乘车,大约20分钟便可到达我们的上课地点——匈牙利罗兰大学。通常早上9:00开始上课,12:30结束上午的课程。中午午休大约1.5小时。在简单的午餐后,开始下午的学习。每天的学习生活紧张而有序。罗兰大学的老师为了提高我们的语言技能、语言理解力,开设了丰富多样的课程,从匈牙利甚至欧洲的教育体制、学校文化、土著文明、地理地貌、人口分布、气候与动物等方面,利用课件、视频、影像等多媒体教学手段,带我们一起了解匈牙利语言文化,体验匈牙利布达佩斯的魅力。课堂上,我们用英语讨论、回答问题,开怀畅言,各抒己见。

在教学方法方面,为了让同学们的口语更流利、发音更准确、更贴近生活,老师还专门带我们去超市购物,了解当地的饮食文化并教我们用匈牙利语购物。每个参加夏令营的老师都是精心备课,认真上课。由于我

与超级漂亮的班级老师合影

的英语基础不好,期间走了不少弯路。老师在认真研究了我的问题和遇到的障碍后,针对我们的教材和教学实际情况,给我作了精辟的分析、指导。我深切地感受到,只要将精心的设计、巧妙的鼓励与学生互动结合起来,学习可以变得如此快乐而高效。这样的教学方式提高了课堂教学的生动性

和趣味性,激发学生学习语言的兴趣和动力,提高了课堂教学效率。

另外,罗兰大学教育资源利用率高,简朴实用。让我最为惊叹的是教室的布置以学习为主,每个角落都利用了起来,可以放学生的作品,也有教学内容的渗透或重点、难点的再现,还有高高的、放着各种各样书籍的书架。课堂教学中平等的师生关系也给我留下了深刻的印象,老师通常不是严肃地站在前面讲课,而是较为随和地站在学生中间,教学氛围轻松、欢快。学生可以坐在座位上举手(手指)发言,老师永远是以商量的口吻来应对学生的提问或回答,并及时给予鼓励和表扬。

文化的认识与感受

为了更近距离地了解匈牙利文化,罗兰大学安排我们参观学校和游览附近的城市。在这两个星期里,我们先后参观了渔夫堡(Fishmen's Bastion)、链子桥(Chain Bridge)、匈牙利议会大楼(Parliament Building)、匈牙利国家博物馆、巴拉顿湖(Balaton Lake)。参观活动让我对匈牙利有了更深的了解。众多的博物馆、美术馆和独具特色的欧洲建筑让我对整个欧洲文化的认识有了进一步的拓展和延伸。在布达佩斯随处可见的特殊建筑风格是匈牙利新艺术风格。这是国际新艺术风格的一个特殊种类,大部分是在20世纪初引入匈牙利的,传统的匈牙利民族图案、东方的装饰因素和新艺术风格混合后使用在城市的建筑物上,产生了现代而独特的匈牙利建筑风格。

身为一个对建筑感兴趣的游客,匈牙利的一切艺术风格对我来说都是极其珍贵的。在渔夫堡马加什教堂,可以发现这个外观属新歌德式风格的教堂,其实蕴含了匈牙利民俗、新艺术风格和土耳其设计等中的多种色彩,特别是一旁的白色尖塔和彩色屋顶,为整个教堂增加了些许趣味和

跟我一起看世界　中国地质大学(武汉)本科生短期访学纪行

匈牙利国家博物馆合影

古董珠宝

生动性。教堂内部的彩绘玻璃和壁画，更是不能错过的重点。马加什教堂是匈牙利国王加冕之处。自13世纪迄今多次修整，经历了改朝换代的时代变迁，使马加什教堂从最早的天主教堂，在土耳其占领时期改为回教

读万卷书,行万里路——记2014年罗兰大学短期出国访学

镶有欧泊的古董珠宝

红宝石首饰

跟我一起看世界 中国地质大学(武汉)本科生短期访学纪行

寺院,之后又加入了巴洛克风格和新歌德式风格,因而成为了独具特色的教堂。从渔夫堡(新歌特式的城堡)可以纵览多瑙河及布达佩斯全城,景色美不胜收。在匈牙利国家博物馆中,见到了许多和自己专业相关的展品,有珠宝、钱币、古画,国王的皇冠、宝剑和权杖,雕刻和刺绣,异常精美。古画里穿金戴玉的王公贵族,让我感受到了欧洲珠宝精美绝伦的奢华。

匈牙利国会大厦夜景

巴拉顿湖之行的美妙无法用语言来形容,简直是太精彩了。在一个简单的午后,一面清澈的湖,一片蔚蓝的天空,一只一只像白云一样飘在湖面上的天鹅,几面白帆、几艘船,以及在一起嬉笑的同学们,大家聚在一起拍集体合影,画面似乎便定格在那一瞬间,嬉笑声便永远地留在了那里。罗兰大学尽可能利用所有可利用的机会,让同学们之间多沟通,了解彼此的生活习惯与习俗,在培养语感的同时也了解了许多来自世界各地不同的语言习惯和风土人情。

巴拉顿湖嬉水的同学们

巴拉顿湖

跟我一起看世界 中国地质大学(武汉)本科生短期访学纪行

总 结

  此行使我增长了见识、开拓了眼界,通过参与多彩的活动,体验了真挚的异国风情,领悟了"读万卷书,行万里路"的真正含义。布达佩斯两个星期的游学,不仅让我领略了匈牙利的秀美风光、民族的历史与文化,还学会了在多种文化和行为方式的差异下,互相理解,彼此尊重,共同合作。同时使我看到了更多别具一格的珠宝设计理念,有的极尽奢华,有的风格张扬,有的神采内敛。也让我深刻体会到,珠宝对于欧洲人来说,是艺术工艺的延续,更是历史文化的传承。作为一个有着丰富的历史文化资源与深厚的人文传统的欧洲国家,匈牙利以其古典与现代完美结合的艺术氛围和精致的文化生活深深感动着我。种种经历在无形中影响着我的世界观、价值观,让我学会了包容别人、欣赏别人,以一种更自信的态度面对今后的生活。

巴黎印象
——记 2014 年法国 IESEG 管理学院①短期访问

公共管理学院　郑丽媛

自由随性　艺术之都

法国时间 7 月 5 日 8 时，我已从机场坐上了通往巴黎市区的地铁。狭小的车厢，却整洁明亮，透过车窗玻璃，便可看到郊区墙壁上连绵不绝的涂鸦。这座城市从不吝啬展现它的艺术之美，任何一个外乡人都会被它光怪陆离的涂鸦所吸引。最值得一提的是它的涂鸦完全与当地的建筑融为一体，郊区别墅素色的墙壁富有欧洲传统建筑的特色，几乎所有的房子都还保留着烟囱造型。

巴黎是艺术家的天堂，在任何时间、任何地点，任何人都可以席地创作。街角的涂鸦、商场地面上以假乱真的陷阱绘画②，美术馆前一幅幅日月星辰交相辉映的画，这些细枝末节都使得外乡人深深地感受到巴黎浓厚的艺术气息。当然，来到了巴黎必定会去它的著名景点一游，卢浮宫、巴黎圣母院、凡尔赛宫、大皇宫博物馆……此次来到巴黎，我最遗憾的便是没有在塞纳河上泛舟了。因为时间冲突的原因，我没能和小伙伴们一起坐上塞纳河游船观赏沿途的风景，但幸运的是我依旧来到了塞纳河畔。

---

① 法文 IESEG 的全称直译为"科学经济与管理学院"。
② 街头艺术家利用沾满颜料的双手描绘出一幅幅日月星辰交相辉映的画。

跟我一起看世界 中国地质大学(武汉)本科生短期访学纪行

坐在塞纳河畔的堤岸上,晚上8点多,这里纬度较高,巴黎的天还是亮亮的,夕阳在房子中遮了半张脸,露出温和的笑容,东边的天已呈现深蓝色,然而西边却是橙色的晚霞,它们静静地布满在我的视野中。

我已记不清风吹来的方向,只记得当时清风扑在我的脸上,周围的人们依偎着,笑着,聊着。我的朋友诉说着她的故事,那故事把我送到18年前,又穿梭回18年后。我还记得塞纳河里游过几只灵动的小鸭子,肥肥的臀部摇摆着,偶尔啜一口塞纳河里清澈的河水。不久,它们便离我而去,缓缓游到桥底下,跳蹬到一块湿地当中去了。河水泛着粼粼的波光,这是岸上的灯光的倒影,却被拉得很长很长,也使我的思绪飞向了远在东半球的中国。我有多久没见到如此清澈干净的河水?有多久,不曾看到河里漂浮着路人随意丢弃的矿泉水瓶?我依旧爱我的祖国,只是童年的许多美好景致已经很难再见到,我深感遗憾。幸运的是,我们的社会在发展,河水虽有污染,但人们开始反省,我们有必要勇敢地站出来,治理我们的河水,保护我们的家园。现在我们的祖国向着科学发展迈进,许多方面也卓有成效。塞纳河也曾经有过污染的时期,只是暴露了问题后法国人敏锐地感觉到了自然与人和谐发展的重要性,因此如今才得以还塞纳河本来的面貌。长江、黄河流域的自然环境远远比欧洲地区复杂,因此治理难度也大,但是如今看来,我们定会再次见到美好的景致。

学习圣地　思想天堂

有人说,触摸一个城市不仅仅只是获得,譬如旅游,怀着一颗崇敬的心,切身感受它的历史;同时,想要深深触及它的核心,我们也需要索取,譬如学习,拥有一颗求知的心,汲取它深刻的人文内涵。

在这里,我开始了一段与过去截然不同的学习旅程。全英文授课的

方式着实让我有些措手不及,原本的漏洞开始一个个暴露,国内考核太过于重视笔试,导致学习英语的目的和方法本末倒置。在课堂上,我能凭借多年的功底看懂资料,但是,却不能跟上老师讲课的节奏。课程考核其实主要也是笔试,但也有通过展现PPT(幻灯片)来衡量的。展现PPT这一方式非常重视学生们相互合作的重要性,组员们都必须上台讲解PPT,教授也会随时对他不理解的地方进行提问,没有人可以通过浑水摸鱼而得到好的成绩。教授们都非常注重课堂的趣味性,我的最后一门课程与数学有着紧密的关系,老师是个非常严谨的人,但是他常常因为不能使课堂生动有趣而自责懊恼。学生们也会因为心中升腾的民族自豪感努力准备课件和汇报。到凌晨,大家仍然围坐在一张圆桌上,讨论如何使得背景更加契合主题,如何使得自己的观点富有原创性。或许许多人在国内时常抱怨学习条件不太完善,向往国外自由的生活,可是我相信任何人都不会抛弃胸腔那股浓厚的爱国之情。前华中科技大学校长李培根曾经说过:"母校是什么?母校就是你每天都要骂8次,但是却不允许别人骂1次的学校!"我想这句话依旧适合在海外漂泊的学子们,虽然时常会埋怨、沮丧,可是只要真的听到别人不公正的批评,我们的爱国之情即刻便被激发了出来,或与对方争论得面红耳赤,或平心静气地向对方讲解我们的真实面貌。在这些争论和辩解当中,我对这个世界的许多问题也有了更为客观和理性的认识。我相信,任何东西都是辨证的,并不是仅凭眼之所见、耳之所听便可下定夺的。只有真正地贴近它的核心,我们才可以了解事物的本质。

跟我一起看世界 中国地质大学(武汉)本科生短期访学纪行

走街串巷　探寻美食

舌尖上的中国已经用最直观的方式告诉我们，中国人的饮食方式蕴藏了中华几千年的饮食习惯和精神内核。此番到达巴黎，我们也毫不隐藏自己潜在的"吃货因子"。

我们乘坐地铁，兜兜转转3小时，只为搜寻一家店面狭小的冰淇淋店。可是，法国人的浪漫气息一直不曾丢掉，即便是最简单的冰淇淋，他们也用它变出了花样：店员们用8种口味的冰淇淋慢慢砌成一朵玫瑰花，色彩鲜艳又真实动人。仅仅只是尝了一口，它细腻绵密的口感瞬间就将所有人征服。冰淇淋店的LOGO——一个身材浑圆的小天使也颇具艺术气息，这家店的装潢也是以欧洲中世纪的风格为主，麻雀虽小却五脏俱全，来这里的客人络绎不绝。

如果说，我们愿意为了搜寻一支冰淇淋而冲上云霄与小天使牵手，那么我们亦愿意为了吃上一顿正宗的法餐而深入海底与乌贼结缘。早早计划好了餐厅，搭乘周末地铁，来到巴黎郊外的静谧之处，不知名的树在狭窄的道路两旁铺开，郁郁葱葱，身心一片放松。漫步来到餐厅，看见花园里一簇簇的圆球似的花正在怒放。风螺、青口、羊排、洋葱汤，一道道菜在我们的欢声笑语中送到面前，"干净"是我最直接的感受，或许是坐在室外的缘故，光线照得食物特别有光泽，令人胃口大开。美食是上天赐予的最好的礼物，陌生的人们也可以因为食物而联系在一起。我们可以坐在一张桌子上，畅谈理想，畅谈所见所闻，从过去到现在，再延伸到未来。大家虽然是因为这个访学项目而聚在一起的，但也可以毫无障碍地彼此交流着梦想，可以一起坐在草地上抬头望着天，啤酒放在手边，偶尔啜一口，激爽如电流一般瞬间穿过整个身体，我们放肆地大笑，感受着草摩挲着脸的刺痒感,却不会因此而感到任何的不适。在这一刻,自由的我们什么都不想理睬,丢掉一切包袱,畅谈吧!

我们不仅在巴黎渴求味蕾的快乐,还来到了西班牙巴塞罗那,任凭当地特有的墨鱼饭把它黑黑的酱汁布满自己的口中,一笑,牙齿一片黑。西班牙海鲜炒饭鲜嫩多汁的味道挑动着我们年轻的味蕾,性感火辣的西班牙女郎跳着热情奔放的弗朗明戈。

西班牙巴塞罗那博盖利亚市场上贩卖的新鲜海产品

西班牙温热的海风卷起了我们的发丝,赤脚走在绵软的沙滩上,只有蓝天和大海能占据我们的脑海,所有烦恼被统统抛在脑后。在这里,我第一次见到了真正蔚蓝的海洋。大海原本的面貌,它的纯粹,它的清爽,无不在向我诉说这个世界的美好与单纯。

我们又来到了比利时布鲁塞尔,感觉像来到了欧洲的另一个世界。比利时的游客没有法国那么多,这里非常安静,走在小巷当中,只能偶尔看到有人骑着单车经过。我们在城区中的小河泛舟,观赏沿岸的风景,古老的建筑染着素雅的涂料,与周围的自然环境融为一体,没有丝毫突兀的

感觉,处处透露着和谐共存的氛围。比利时的小镇透露着乡村的气息,这里的人也是那么的安静,就连走进当地的教堂,那跳动的烛光也是那么的沉默。

  此时此刻,我本应该沉溺在欧洲建筑的神奇瑰丽上,可是却不由得想到了千里之外的中国。或许是因为从小生长在农村,曾经,我对中国的古式建筑是那么的不以为然,对这些蕴含着几千年中国历史文化的传统建筑司空见惯。然而,现在身在异国,我的心中,一种对民族文化的敬畏之情却油然而生。我们祖国的文化,一点都不浅陋,丝毫不逊于他国。我爱着这个稳重而踏实的国家!我爱你,中国!

一场美丽的遇见
——记2014年台湾海洋大学访学

经济管理学院　钟未一

我们总爱做梦,因为生活中有那么多遗憾和不完满,所以总想在梦里去改变和实现。转眼来大学已两年,所谓的"自由之思想,独立之人格"差不多也都抛在脑后,习惯每天"三点一线"的生活后,感觉大学也就是这样了。2014年4月,偶然间从学校的官网上得知有暑期前往祖国宝岛台湾的项目,我抱着试一试的心态填了报名表,没有想到竟然得以入选。2014年7月28日—8月4日,我们在台湾度过了难忘的一周。现在想来,特别感谢那份偶然,才能让我与台湾有那么一场美丽的遇见。种种经历,犹如昨日,虽一言不可全叙,但仍愿记录下来作为回忆。

本次交流活动的全称为"台湾海洋大学暑期陆生海洋夏令营",共有来自10所学校的175名师生参与活动。

既然以交流生的名义来到海洋大学,最重要的自然是海洋文化的感知和学习。7月29—31日,我们聆听了许多老师对海洋文化知识的讲解,如胡健骅老师的课程"海洋与人的对话:认识海洋的重要性"与庄守正老师的讲座"体验海洋之美:海洋生物的奥秘"等。令我印象最深的便是

跟我一起看世界 中国地质大学(武汉)本科生短期访学纪行

庄守正老师的讲座。庄老师通过讲述鲸鲨的存亡以及人与鲸鲨的故事，启发我们思考人类究竟该如何与海洋相处。

在学校学习中，海洋主题课程是学习的一个部分，校园参访也是重要的一部分。7月29日上午的课程结束后，我们来到模拟船舱进行操船练习。海洋大学的模拟船舱是参照实际船只建设的，里面有各项操船仪器和各类天气设定。

7月30日中午，我们来到海洋大学的食品工厂做罐头。从小学至大学我们都较少参与手工

庄守正老师热情讲授"海洋生物的奥秘"

在讲座中，庄守正老师向我们展示多种海洋鱼类标本

课程，动手能力十分不足。初次做罐头，大家都很兴奋。尽管笨手笨脚的，但大家还是把自己的罐头做好了，十分有成就感。除此之外，我们参观了海洋大学的检验中心与水族馆。

7月31日，我们来到海洋大学临海的海岸线。海洋大学坐落在基隆港附近，校园临海，远眺可以看到基隆屿。湛蓝的太平洋就在眼前，走在海岸线上，咸咸的海风吹过来，让人一瞬间心情舒畅。蓝天白云、蔚蓝海面，此时的我感觉自己就像海鸥，遨游在天边，内心一片宽广。忽然想起

那首歌："随风奔跑自由是方向，追逐雷和闪电的力量。"我们正值最好年华，青春没有任何惧怕。许多事情勇敢去试，输了也坦然面对，不就是年轻的真谛吗？

在台湾海洋大学的模拟船舱，参访学生进行操船练习

跟我一起看世界 中国地质大学(武汉)本科生短期访学纪行

台湾海洋大学临海处集体照

在校园学习之外,海洋大学为我们安排了3天时间游览台湾。8月1日,我们走访台北故宫博物院、101大厦,并在晚上游玩了妖怪村,露宿于溪头森林公园。在没有去台湾之前,就常听说台北故宫博物院"中华文化宝库"之名,眼见为实,更为感慨,真可谓"匠心独具、巧夺天工"。我们很难想象古人是如何制作这些宝物的,许多技术现已失传,当代竟无法复制,这也更让我们感慨于古人的智慧。其中"翠玉白菜"更是名动中外。这棵白菜和真白菜一样大,好像用指甲掐一下就会出水一样,活灵活现,令人叹服。在当时,白菜象征家世清白,螽斯则有子孙绵延之意,可见古人的寓意之深远。

8月2日,迎接我们的是著名的日月潭,游湖结束后参观广兴纸寮,最后去往"九二一地震教育园区"参观学习。日月潭风光秀丽,美景如画。

台北故宫博物院

台北故宫博物院的镇馆之宝之一——翠玉白菜

徜徉在湖中的小艇上,阵阵湖风扑面,十分清爽舒适。在广兴纸寮,我们参观了纸张的制作流程,并动手给自己做了一把纸扇,印上自己最喜欢的图案,感受印刷术的魅力。

手工扇上的印章

跟我一起看世界 中国地质大学(武汉)本科生短期访学纪行

1999年9月21日清晨1时47分,台湾中部发生里氏规模7.3级的强烈地震,造成的伤亡及财务损失为近百年来台湾最大的地震灾害之一。为提醒大众重视防震及救灾措施,"九二一"地震发生后,台湾当局主管部门及专家、学者认为,雾峰乡光复国中基地的断层错位、校舍倒塌、河床隆起等地貌是几个候选地点中震后地貌保存最完整的,便将光复国中现址规划改建为"地震纪念博物馆",以保存地震原址,

与福州大学同伴合影

记录地震史实,并为社会大众及学校提供有关地震教育知识的教学基地,并将此定名为"九二一地震教育园区",以彰显其纪念及教育意义。

"九二一地震教育园区"保存的坍塌的校舍

在地震教育园区,最让我有所感悟的并不是震后地貌,而是台湾民众对于震后教育的态度。在他们身上,我看到了一种真正"以史为鉴"的精神。我们无法避免自然灾害,但我们可以做出更好的防护措施。

8月3日,我们参访了宜兰传艺中心与黄金山城的九份老街。在宜兰,我们感受到了传统文化与当代文明碰撞后的火花。寺庙、皮影、符咒、琴技等都保存得格外完整,并跟随着时代的变化衍生出新形式,在传统文化的树干上结出现代的新芽。在九份老街,感受宫崎骏动画中的美丽场景,坐在山上的咖啡店里眺望海面,真的觉得人生不过如此。

宜兰传艺中心内
古琴与动漫人物的结合

黄金山城的九份老街

跟我一起看世界　中国地质大学(武汉)本科生短期访学纪行

文化篇

在台湾的一周,感受最深的不是景美,而是他的文化渗透在细节处的一点一滴。7月29日是我们的第一天授课,授课前有一个开幕式。校长致辞十分简短亲切,而开幕式的开头、结尾竟分别是学生的街舞和魔术表演。如此正式的一个开幕式,由学生自主表演,从中可见台湾高校由学生主导的校园文化。

在海洋文化艺术馆,导览丽玉姐和我是老乡——浙江人。不大的一个馆,却也布置得格外生动。丽玉姐是馆内的志愿者,但讲解水平很高,许多话都引人深思。

阳明海洋文化馆

在海洋科技博物馆，我们观看了 3D 电影《南太平洋》，其展示方式、讲解形式等都值得其他博物馆借鉴。

台湾的夜市文化也十分特别。我们有幸在课程结束后的晚上参观夜市。不得不感慨于台湾卫生工作的效果。尽管是杂乱的夜市，地上也看不到任何的垃圾。每个夜市街口都有两个垃圾桶，专门负责回收包装袋。想起曾经看过的《读者》上的一篇文章，讲述台湾民众的家园意识，其中包括垃圾处理，如今亲身感受，更觉得难得和感动。许多人说，台湾是我们民族文化保存最完好的地方，中华民族的许多优良传统都在台湾有所传承。诚然如此，但我想也是经济的发展所致。随着中国大陆经济的发展，我相信我们的城市卫生状况会逐渐改善，在我们经历如台湾"脏乱——治理"的过程后，也会走向一个干净、整洁的未来。

基隆夜市中，各式各样的小吃，但地面依然干净整洁

跟我一起看世界 中国地质大学(武汉)本科生短期访学纪行

人物篇

每一段旅途中最美的不是风景,而是相遇相知的那些人。在台湾,与我们相伴最久的便是我们的两个小队辅:娟榕和佑昇。真的是非常好的两个人。队员有什么情况,总有他俩解决,就像贴身的小包,一直都在身边。而在我眼中,作为队辅,最可贵的就是一视同仁,照顾每个人的感受和情绪,因为谁也不希望成为被忽略的那一个。佑昇是大一的学生,也算是我的学弟,对于兴趣与所学专业的矛盾问题,他似乎有些迷茫。我很乐意为他提供力所能及的帮助。

短短一周的相聚,转眼就要告别。尽管只有一周,但我们与海洋大学的同学结下了不散的友谊。告别宴上,各个高校纷纷拿出精彩的才艺表演。我们队的喻言同学以一首英文歌惊艳全场。在宴席的最后,来自台湾海洋大学的老师、同学们为我们送上一曲朋友:"朋友一生一起走,那些日子不再有,一句话,一辈子,一生情,一杯酒。朋友不曾孤单过,一声朋友你会懂,还有伤,还有痛,还要走,还有我。"相聚有时,后会无期,但天涯海角,总有人会一直在你身边。我们的生命因不同的朋友而宽广和精彩。那么,让我们有缘再聚!

贴心的队辅:娟榕和佑昇

一场美丽的遇见——记2014年台湾海洋大学访学

最后一天晚上,在海洋大学的报告厅,同学们集体拍摄毕业照

海洋大学的临海处　我们的毕业照

跟我一起看世界　中国地质大学(武汉)本科生短期访学纪行

　　时至今日，回想起那些画面，仿佛就在昨日。而我也终于踏入大三，面对新的生活，新的每一天。很感激此次的台湾之行，让我见到了许多不同的景，认识了很多朋友。如今的我看待事物更加全面，心胸也更为宽广。尽管下一次的相聚不知是何时，但人生无常，何处不相逢呢？无论怎样，过去的时光已不复还，我们唯一能做的就是珍惜每一天，珍惜身边的人。你所拥有的日子就是最好的日子。台湾，再见！朋友们，再见！天涯海角，各自珍重！

一半海水，一半火焰
——记 2015 年北塞浦路斯英语夏令营访学

环境学院　项忆文

经过近一天的飞行，2015 年 7 月 11 日下午 6 点我们终于平安到达北塞浦路斯厄阿坎机场。一出机场就看见了前来接机的助教。在异国他乡能碰上一个中国人总觉得特别亲切。到达学校后，在入住等问题上助教给了我们极大的帮助。

收拾完东西后，原本是想到大厅用无线 wifi 上网，却碰上了刚到的张良以及其他在大厅的学生。那些学生大多来自哈萨克斯坦共和国等国，年纪都不大，十四五岁的样子。他们有和我们极其相似的外表，以致于他们开口说话前我以为他

公园的喷泉

们也是中国人。不同于我们常有的内敛，他们展现更多的是活泼外向的一面，即使英语能力十分有限的孩子，也会跟我们简单说上两句甚至是拥抱。这也是我在游学期间希望自己所能改变的一部分——敢于交流，主动交流。

跟我一起看世界 中国地质大学(武汉)本科生短期访学纪行

虽然坐了一天的飞机,大家都感到十分疲惫,但我们还是决定加入第二天的黄金海岸行程中。所幸不怎么需要倒时差,我们按时起了床,坐上了公交。不同于在飞机上俯瞰到的以及刚下飞机时的情景,沿路的风景很美,中途停车休息的公园中有草地、五彩的热带花,还有深蓝的海面,这样的景致和国内所见大不同,新奇而美丽的东西总能让人心情变好。车在行驶中摇摇晃晃,我们也处在疲惫中,英文的讲解变得模模糊糊,听着听着似乎变成了摇篮曲,引我进入梦乡。

也不知过了多久,我们便到达了黄金海岸(Golden Beach),黄金海滩的沙子在阳光下呈浅黄色,闪着一点点的光,踩在远离海岸的沙子上仿佛脚伸进了火炉,随时可能被烤焦,直到走到海水打得到的沙子上才缓和过来。碧蓝而清透的海水,灿烂而炽烈的阳光,看着同学们都换上色彩鲜艳的泳衣奔向大海,没带泳衣的自己也按捺不住,在其他人的"怂恿"之下下了海。来到这样一个海岛上旅游、学习、生活,不和大海亲密接触终归是会遗憾的。金沙、碧海、比基尼,夏日的大海确实是可以尽兴玩耍的地方,让我认识了许多一起戏水的新朋友。干燥炎热的空气很快风干了衣服,我们也疲倦得在巴士上睡着了。

星期一我们参加了英语分级考试,考试内容以基础为主,但我仍发现有几道并不能准确拿捏的题,这也让我们意识到即使学英语多年,在经历了重重题海之后,自己也有漏洞需要填补。下午我们前往法马古斯塔,参观当地的咖啡工厂。经日晒风吹而显得沧桑的法马古斯塔城墙边,有经风化至看不清模样的石狮子。我们在城墙上远眺停泊着的货船、深蓝的大海,灿烂的阳光让人睁不开双眼。在不了解历史的地方观察着古迹,猜想着他们的过往,神秘而浪漫。

星期二早上正式开始上课,我们参加的级别是中级组(intermediate group)。老师上课的方式各有千秋,但比起国内的英语课更轻松——常常脱离课本,利用一些话题讨论来教授一个句型,组织我们小组讨论

(group work)、讨论话题或表演情景剧等。在全英的课堂上，以及只能使用英语和对方交流的情况下，我们必须强迫自己用英文交流，即使用的词汇再简单，句法也满是错误，但仍会尝试去说，尽力将句义正确地传达。在小组讨论中，我了解到了很多同学对于某些话题的见解，以及他们生活中奇特的经历，同时也传达了自己的观点。课

Deboru Street 的甜点

堂不仅仅是老师在传授知识，相反的，更多的内容来源于我们自己，来源于同学，老师只是引导我们去做。

课堂上的小组展示

跟我一起看世界 中国地质大学(武汉)本科生短期访学纪行

周二晚上我们去了市区的 Deboru Street，由于对异国夜晚的街道感到陌生，看到酒吧也不敢往里走，于是沿着街散了散步。夜晚的北塞浦路斯的店大多都歇业了，剩下的只是一些酒吧、餐馆、咖啡馆等，在塞浦路斯国际大学工作的一位中国姐姐说当地人的娱乐方式之一便是享受美食。伴着灯光和音乐，我们在一家甜品店前停了下来，品尝有名的土耳其甜点——布丁，软软嫩嫩的，配上坚果的香脆和微苦，虽然口味偏甜，但口感十分香醇。第二周我们再次到这条街时，则是为了送别来自乌兹别克斯坦的一对双胞胎，大家一起去了一家咖啡厅。在室外昏暗的灯光下，吹着不同于白日的凉爽的晚风，大家聊着天，喝着酒，珍惜短暂相聚的时光。相比刚来时的我，我变得更会交流，不再是坐在一旁听别人谈话，而是能随着话题搭上两句。

周三我们来到了尼科西亚老城区。我们参观了清真寺，欣赏了反复转圈的胡旋舞，接着跟着几个同伴迷失在了尼科西亚的街头，东转西逛，好不容易才找到一个当地人带我们返回凯里尼亚门。但就像俗话说的"未知的即是美丽"，迷路

沧桑古老的凯里尼亚门

了也并没有让我们感到太过慌张或是不快，反而也能好好感受这片城区的古老与沧桑。之后（第二周）我们又一次去到那里，在南北塞浦路斯的边境拍照留念，在小集市里购买当地的手工艺品，听温柔优雅的老奶奶为我们介绍她设计的手工编花，互相用不完美的英语温和地讨价还价，看手工艺人用泥巴雕塑作品、编织着桌巾……也许，快乐不是因为所见的事物多么奇特，而是源于内心的美好。

之后我们还去了 Alagadi Turtle Beach 和长滩（Long Beach），加上黄金海岸，这3个沙滩有不同之处也有相似的地方。3个地方的沙子都带着太阳的金黄和热度，时刻炙烤着双足。与 Golden Beach 不同的是，Alagadi Turtle Beach 有部分基岩露出水面，水下也有一些石块，岸边还有许多经太阳曝晒而呈灰白色的海藻。在 Long Beach，由于在水下玩得太兴奋，时间又长了点，大家都晒的红彤彤的。有人打趣说，不论从哪里来，大家都成了一个肤色。因为北塞浦路斯的海太过纯净，后来去北戴河实习时，总是会对比和想念，甚至在老师讲起沙波纹和海蚀地貌时，我也会回忆起在北塞海边的景色。

晚间影院给我们分别放了《死亡诗社》和《Definitely，maybe》。在英文字幕的帮助下，我们大概能理解影片想要表达的内容，但很多细节只能略过。完整地看了不带中文字幕的英文电影也带给自己很大的信心。

卡拉 OK 之夜十分有气氛，即使唱得不完美，但大家都能自信地唱完，煽动气氛。不论会不会跳舞，这时没有人会想要只在一旁围观，即使在人群中用手掌、用脚打着节拍也能感受到很大的乐趣——再加上俄罗斯小姑娘的传统舞蹈、非洲小伙子的扭臀舞、格鲁吉亚的双人舞，多国的舞蹈交织，让所有人都感受到了音乐与舞蹈的热情。以舞会友，以舞传情，我们根本没有必要有所保留，而应该让自己更好地融入进去。

众多明信片上，和网上为数不多的介绍都印有吉尔尼港口图案。亲眼见到这个港口，才发现它的美丽甚至超出了我们的预期，呈现着这样一幅画面：地中海风格的房屋与船只，如镜面般平静而湛蓝的海面。晚上橙黄色的灯光点亮整条街道，时而听到在吉尔尼港口里的乐队的演奏声，令人感受到与白天不同的浪漫魅力。港口附近还有古老的城堡，不同于华丽的宫殿，在一如继往的美丽海面的衬托下，似向我们诉说着它承载着的这座岛屿的历史，以及它曾关押的囚徒的故事。第二天参加的 Boat Trip 也从这个港口起航，Boat Trip 对我来说真的是全新的体验：沿途欣赏了

跟我一起看世界　中国地质大学(武汉)本科生短期访学纪行

美丽的风光与海面；看着同学们跳下海游泳，胆小的我虽只敢沿着扶梯下海，但这还是第一次在脚着不到地的海中游泳，连呛到的咸苦的海水也成了美好的回忆；我们还坐了汽艇拖伞，从高空俯瞰海面，刺激又兴奋；在船顶上，伴随着动感的音乐我们还举行了泡泡派对。

合影

在这次访学中，我感受到了不同的教育模式和不同的文化，包括塞浦路斯岛当地所具有的多元文化，以及来自世界各个国家的营员所带来的不同文化。我们参加这次夏令营，不仅仅提升了英语水平，游览了当地的名胜古迹，更重要的是，我们的眼界变得更为开阔，我们了解到了世界上别的角落所发生的不同故事以及背后的文化，我们认识了来自世界各地的朋友……人，在一次次旅行中成长，在一次次交流中成长，也许那些成长微乎其微，但日后它们也可能成为自己意想不到的财富。我们这一期的夏令营登上了当地报纸，其中一张照片就是用我的相机拍摄的，合影中也有我的身影，虽然报纸离我很远，但小小的喜悦还是萌生在我的心里。

塞浦路斯本身就不是一个很大的岛屿,北塞浦路斯也只是它的一角,但我在岛上所感受到的风光与人情,绝对不只3000多平方千米,它在我心中停留的也绝不止这一个夏天。我的文字不能完完整整记录下我的所见、所闻、所感,但连同照片一起,他们会成为我宝贵的记忆。当往后记忆变得模糊的时候,再翻出这些照片,阅读这篇生涩的文章,我想,这个夏天的塞浦路斯带给我的一切又将会重现脑海中吧。

跟我一起看世界 中国地质大学（武汉）本科生短期访学纪行

海纳百川，有容乃大
——记2016年寒假南洋理工大学短期访学

珠宝学院　常银

从离开新加坡的那一刻我就开始怀恋她。独自坐在地铁东西线去樟宜国际机场的路上，回头已不见南洋理工大学。"再见！我会回来的。谢谢你，星城！"心里默念我的思恋。

回望那段时光，恍若一场梦境，真实而又美妙。往事历历在目，第一次品尝了夜的克拉码头，第一次在寒冷的电影院看到了奥斯卡获奖作品，流连在地图上每个不可思议的美景。从惴惴不安到轻车熟路，从害羞到熟悉，这次访学让我学会了包容与感恩。

难忘扩展训练

躺在床上每每想起那一刻还会有心跳的感觉。我与教练还有同学们之间只用一根绳子相连，等爬到了高空，只看到一根木桩之

攀爬中的我

时，真的心有余悸。接下来就要独木高空行走了，我深呼吸，快速调整好心情，眺望远方，沐浴着温暖的阳光，迈开了第一步。为了不让自己紧张，

海纳百川,有容乃大——记2016年寒假南洋理工大学短期访学

我没有向下望,沉稳地向前移动。此刻我对队友更加信任了。最终我完成了高空任务,松手滑翔下来。

在海边的时候,大家喜欢一起坐皮划艇,下海游泳。圣淘沙的海边,我们度过了开心的一天。

圣淘沙海边合影

平时教练会带领我们做一些小游戏。12人牵手的游戏增进了队友的感情,团体传球的游戏中增强了任务效率意识。在参与中学习,在学习中感悟;在过程中锻炼,在锻炼中成长;在互动中交流,在交流中凸显差距;在项目中启迪,在启迪中思想碰撞;在游戏中感恩,在感恩中激发前进。这是对身体极限的挑战,更是对我们心灵的洗礼。认识自我,挑战自我,超越自我,扩展训练让我收获颇多!

难忘课上学习

"有钱能使鬼推磨"是符教授给我们带来的第一节课,开头便激发了我们的兴趣。只要投硬币,骷髅头状的玩偶就会随之转动磨盘。这样精致的玩具虽印有"made in China"的字样但唱的是英文歌。老师引导我们明白了消费者和顾客才是最重要的。

第一节课我们知道了"innovation"和"creation"的区别。我们要学会创新,学会在原有事物的基础上结合两者,使得其发挥更大的作用。

让人记忆最深刻的是那句"抓住你生命中的30s"。老师打了一个比

跟我一起看世界 中国地质大学(武汉)本科生短期访学纪行

方:"倘若你遇到了马云,相见只有30s,这可能是你生命中唯一的机会,难道你要与他握手傻笑?不,你要做的是留下联系方式。你需要请他出来,才有进一步的接触机会,不当朋友怎能谈合作?"这是一堂印象深刻的课。这节课教会了我抓住机会,把握时机。

符老师讲课

课间小憩

活跃的课堂氛围,开放的学术环境,让我流连忘返。

这堂课也让我对创业有了更深刻的认识。第一,我们要问自己解决方法是否有减少的需求,有没有能力把解决方案带入市场;第二,了解自己的缺点和可获得的资源,懂得自己的激情、爱好和技能;第三,明确解决方案的主张;第四,权衡市场的趋势,懂得客户的痛点;第五,结合自己的产品服务以及商业模式,争取成功。

说起来很简单,最主要还是要动手去做。这便是老师教会我们的行动的力量。

难忘星城

对新加坡"花园城市"的美称我们早有耳闻,而抵达后的所见所闻更给人留下了深刻的印象:草坪平展,绿树成荫,粗大的热带雨林围抱着高耸林立的楼群;花园、街景都得到精心维护,美得让人心动。优美的自然环境、洁净的空气,还有规划有序的市容、和谐的人文氛围,都让我们感受到了星城的魅力。

新加坡并没有充足的淡水,水龙头的用水时间极其短,5秒就自动停止,绝不会浪费一滴水。可见,创造力对一个国家的影响是多么深远。就从节约用水这一方面,便可看出新加坡政府的良苦用心。

来到新加坡短短几天,我感觉到新加坡文化与中国文化明显的差异。新加坡民族众多,宗教信仰多元化,国家规划了很多特色鲜明的民族聚居区,保留了不同风格的建筑和饮食文化,在这里不同肤色、不同语言和不同宗教信仰的国民和谐相处。

虽然英文是唯一官方书写文字,但新加坡公共场所随处可见英文、马来文、中文、印度文4种文字,体现了对不同民族的尊重和包容。

跟我一起看世界 中国地质大学(武汉)本科生短期访学纪行

新加坡法定节日设置也照顾到各个民族的民族节日,一个民族过传统节日,其他民族的国民也一起放假,体现各民族平等待遇。

新加坡占地面积小,但地处马六甲海峡,地理位置非常优越,历史上曾是英国的殖民地,也曾经隶属于马来西亚。新加坡国民忧患意识非常强,有很强的政治觉悟和国家安全意识,在一些关乎国家长治久安的事件上系统意识和战略考虑非常深远,例如在水资源自足、填海规划、发展教育等方面都有清晰的目标并愿意花费几十年甚至更长的时间稳步发展。

当然,新加坡与中国也有很多相似之处,例如上下班高峰时间,在市中心地区乘坐地铁的时候,也会发生抢上、抢下的情况,弱势人群专座上也照样坐着身体强壮的男士。可见,人多资源少,也是文明发展的一大阻碍因素。

常银与3位授课老师合影

新加坡重建局也是难忘的参观站点之一。新加坡的城市规划对中国的发展有以下两点启示:①新加坡原本基础薄弱,却能够发挥群策群力的精神,通过全体国民的通力协作,将绿化建设贯穿到民生中;②物资缺乏并没有阻碍新加坡的发展,反而成为了国民为之奋斗的动力,其科学的城市发展观,如大力发展设计,推动科技研发,在绿化工程中着重考虑绿色空间的利用率、安全性,严格控制私车的使用等措施,为我们创造了一个最佳宜居国家——新加坡。

最后一天,老师在桃苑盛情招待了所有同学。我们吃到了地道的新加坡人民庆祝新年的捞菜。短暂的游学经历虽然结束了,但是大家的学习热情永远都在,学习到的知识也深入人心,我们一定会延续所学所感,在各自的工作以及创业历程上越走越好。最后,祝愿我们学校的游学课程越办越好,祝愿师弟师妹们都能学有所长!感谢中国地质大学安排的此次难得的访学机会,更感谢新加坡老师们的友好相待。铭记老师教导,我会更加好好学习,回报母校。

跟我一起看世界 中国地质大学(武汉)本科生短期访学纪行

漂洋过海来实习
——记2016年寒假澳大利亚悉尼大学短期访学

李四光学院　　陈　翔

在电脑前敲下这行字的时候,我已经离开了美丽的澳大利亚。2016年寒假期间,我参加了中国地质大学(武汉)与悉尼大学联合承办的为期11天的"悉尼大学短期访学"活动。

在11天里,我们一行先后游历了澳大利亚的悉尼、纳鲁马(Narooma)、库马(Cooma)以及首都堪培拉,参加了涵盖全面的室内地质课堂教学活动以及丰富生动的室外地质实习。在此次悉尼大学访学活动中,我不仅体验了异域文化,更收获了在海外顶尖大学学习专业课程的经历,这对于我们每个地学专业的学子来说都是一次难得的宝贵经历。我也深感幸运,在即将毕业时能遇到这样一次机会,经由学校甄选、学院支持参加此次访学活动。我会将此次访学的所见所闻、所感所想好好梳理,铭记在心中,分享给大家。

悉尼大学篇——走进"魔法学院"的地质课堂

被誉为"澳洲第一校"的悉尼大学,是我们此次澳洲行的第一站。承办此次短期访学活动的悉尼大学理学院地质系位于悉尼大学的主校区内,即Camperdown校区。主校区位于市中心,靠近悉尼市中央商务区

(CBD),距悉尼中央火车站仅一站的距离,距悉尼市的金斯福德·史密斯国际机场也只有30分钟车程。

作为澳大利亚历史最悠久的大学,主校区内传统的新哥特式建筑展现着这所大学传承久远的历史。因此,悉尼大学的校园不仅被评为全球最美的大学校园,其建筑更被视为国家的珍贵文物,其中电影《哈利波特》中的魔法学院就在悉尼大学校园进行了拍摄取景。

晴空下的哈利波特楼

我们此次的教学活动由理学院地质系承担,在主校区内的 Madsen Building 内授课。在 Geoffrey Clarke 教授的指导下,我们在悉尼大学进行了为期3天的地质教学活动。此次在悉尼大学的课堂学习主要分为讲课和实践两部分。

在讲课部分,Geoffrey Clarke 教授和 Timothy 助教分两次课为我们讲授了澳大利亚的地质概况,以及岩浆作用和岩浆岩的研究情况。

同学们在 Madsen Building 前与院旗合影

总体而言,澳洲大陆相对比较稳定,因而相对我国种类繁多的情况而言,其地质现象也较为简单。但澳大利亚矿产

跟我一起看世界 中国地质大学(武汉)本科生短期访学纪行

资源相当丰富,铁矿石和煤分别占2013年澳大利亚出口总额的21.8%和12.5%,高居榜首。可见地质行业在澳大利亚经济中也承担着举足轻重的作用。同时在该部分,Geoffrey Clarke教授介绍了常用的地质研究工具,如锆石定年等,并以时间为轴介绍了不同地质历史时期澳大利亚陆块的拼合与分离情况,以及澳洲大陆上的生物种类诞生与演化。

实践的部分是此次悉尼大学地质课堂上我收获最多的部分。地质学是一门相当重视实践的课程(我校的课程设置也是如此,如构造地质学、岩石学、结晶学与矿物学等课程都设有相当大比重的实践课程)。在悉尼大学的实践课部分,我练习了偏光显微镜的操作并练习了镜下薄片观察,使用Stereonet软件对褶皱两翼及轴面进行了极射赤平投影。在实践部分,我们每个成员都发挥出了自己的主观能动性,在上课的前一天根据老师给出的作业做好预习和知识储备,并在实践部分里针对老师给出的课堂任务,通过和同学交流讨论、和老师讨论完成整个任务。

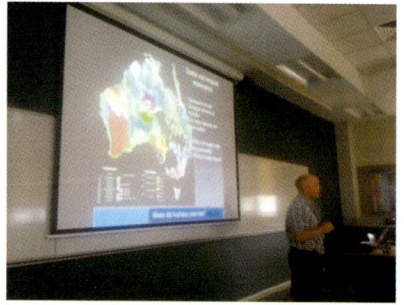

课堂上认真学习的同学们

来到悉尼之前我们在书里、影视剧里看到过许多次外国大学的课堂,但百闻不如一见,亲自参与到了悉尼大学课堂后我的感觉是:一方面,确实如坊间传闻所言,国外大学课程要求的阅读量很大,学生在课堂之后要完成的作业或任务也确实很多;另一方面,在我们的课堂上,不管是任务的安排还是老师的讲授,都相当细致。就这次参加的课程而言,老师会围绕着一点逐渐展开,再通过与我们的课堂讨论层层剖析,因此即使是我以前学过的知识点,依然给了我不同的感受。

野外实习篇——是那海滩的风,吹动了我们的心旌

来到澳洲的第七天,我们离开了澳大利亚最繁华的大都市——悉尼,驱车前往野外地质考察的第一站——小镇纳鲁马(Narooma)。Narooma是澳大利亚新南威尔士州南海岸上的一个小镇,它的名字来源于当地土著语,意思是清澈蓝色的水域。镇如其名,镇上有着国家的岛屿自然保护区Montague Island;同时在我们的住处不远处就可以看到碧蓝色的宁静海湾,海边游人如织,风光旖旎,展现了一幅和煦又令人心旷神怡的画面。

野外实习的第一天,我们来到了Eurobodalla国家公园里的一处基岩海岸,练习岩浆岩的矿物观察、投图定名,以及分析岩浆演化。Eurobodalla国家公园的海滩旁,天空碧透,云霭沉沉,大块的云朵压在湛

澳洲小镇的风景

跟我一起看世界　中国地质大学(武汉)本科生短期访学纪行

蓝的海面上,是暴风雨的前兆。公园里有一条海边小路被称为 Bingi Dreaming Track,这里的景色宛如梦境,我们但愿长醉不复醒。

在野外的部分,Geoffrey Clarke 对我们的教学模式也是一种"放养"的模式。一开始他给我们简略布置任务,告诉我们要用到的知识在书本哪一部分,然后就让我们自由行动,并引导我们在亲自动手的过程中发现问题、思考问题、讨论问题,最后试着解决问题。在这个"解决问题"的过程中,我们有思考,有交流,勾起了

澳洲小镇的风景

我们求知的欲望,也锻炼了我们交流的能力。这也是我此行的一大收获。

野外实习的第二天,我们在小镇的另一处海滩观察沉积序列,对海滩的沉积岩进行沉积分析,并绘制鲍马序列图。野外第三天,同样是在一处海滩边,我们对一处泥岩和砂岩互层的褶皱进行了构造分析,绘制褶皱的平面图,并利用 CLINO 在褶皱的两翼测量多处产状,之后利用 Stereonet 软件将野外测得的数据进行极射赤平投影,并分析该褶皱的多期演化历史。

野外第四天,我们收拾行装,赶往野外实习的第二站——Cooma。在 Cooma 的两天,我们学习了 I 型和 S 型花岗岩的形成和区分,并在野外的两处

露头观察对比了两种花岗岩的矿物特征。

库马(Cooma)是澳大利亚冬季的旅游胜地,由于处在澳洲的高地,每年冬天这里的一整片地区都会被冰雪覆盖,因而成了冬季的滑雪度假场所。在Narooma 和 Cooma 出野外的几个夜晚,我们住在当地的露营地。说是营地,其实里面各类设施都相当齐全,我们住的隔板房很适合一家几口人度假居住。当然也有许多澳洲当地人开房车,将营地作为落脚点居住。营地周围

野外地质实习

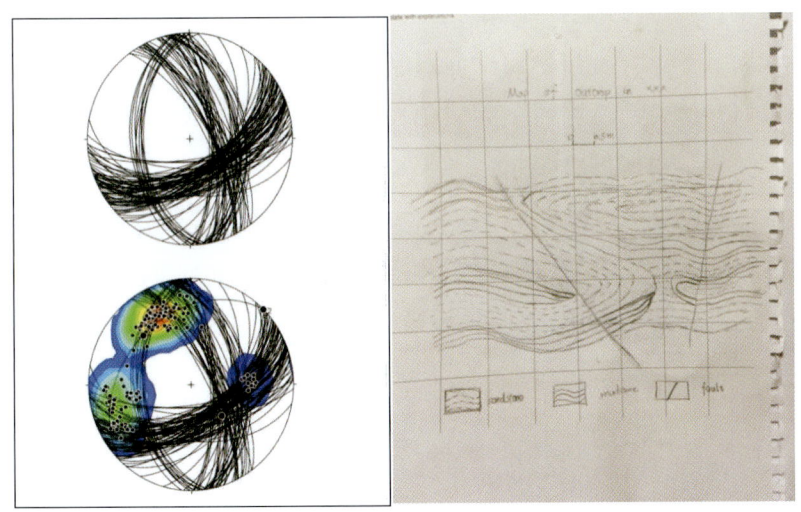

野外地质实习课后作业成果

的自然环境相当好，也难怪澳洲人会喜欢到乡村度过他们的假期。

至此，我们在澳洲的野外地质实习内容接近了尾声。回顾整个野外实习过程，风景优美，让人心旷神怡。当我们在南半球炙烤的阳光下、在万里无云的海边逐个点测产状时，那汗流浃背的感觉和我们的北戴河实习也是别无二致的。在澳大利亚的野外实习也让我感受到了作为一名地质人独有的幸福。正所谓步履不停，前方总有未见过的风景。世界这么大，如果能走遍世界、看遍全球的地质现象，想想也是一种有趣的人生。

生活篇——游在澳洲

来到澳大利亚，我们的第一感觉是：天空好漂亮。天蓝云白，空气透明到好像一眼可以望到宇宙边缘。人在异国，总是忍不住把感受到的与自己国内相对比。也会忍不住想，我们的国家什么时候也能有这样蔚蓝的天空呢？

澳大利亚是拥有高移民率的国家。走在悉尼街头，可以看到不同肤色、不同口音的人，不同的民族文化在这里交汇、流淌、被接纳，形成了悉尼这个充满活力的城市。

在悉尼的几天，我们挤出课后的零散时间游览了热闹的城市：海港桥、悉尼塔、歌剧院、博物馆、岩石区、水族馆、动物园。相比这些景点，我最喜欢走在悉尼街头的感觉，看看沿途或古老或新鲜的建筑和广告牌上的文字。

在悉尼，除了便利店和酒吧、咖啡馆，几乎所有的店铺在下午6点之后都会关店。这一点让我们羡慕不已。整个城市在天仍然大亮的下午6点打烊，所有的市民都回到家里享受家庭时光，想想都很惬意。

悉尼的景点中给我印象最深的是澳大利亚博物馆。澳大利亚博物馆

漂洋过海来实习——记2016年寒假澳大利亚悉尼大学短期访学

游在澳洲

位于悉尼市的圣玛丽大教堂对面,是世界公认的十家顶级展馆之一,拥有着许多独一无二的珍贵藏品。澳大利亚境内生物种类丰富,博物馆内有着数目众多的动植物标本,它们被固定成生前常见的姿势,宛如活物,甚至一些濒危、灭绝的动物,也能在这里看到它们的身影。同时,澳大利亚的矿产资源也相当丰富,博物馆里有许许多多晶形完美的矿物标本,种类之繁多也让我们感慨不已。澳大利亚博物馆是我此行最为推荐的一个景点，尤其是对于地质、生物专业的学生而言，更是不可错过的一个展馆。

结语篇——不想说再见

在澳大利亚的 11 天游学经历留在了我们的相机里，也留在了我们的记忆中。我们看过了许多美景，也学到了许多知识。此行我们来到了悉尼、Narooma、Cooma、堪培拉，认识了 Geoffrey Clarke 教授、惠兰老师、Timothy 助教，并在他们的帮助下完成了此次圆满的澳洲行；我们认识了 12 位优秀又有趣的"学霸团"成员，在遥远的南半球共度了一次愉快的旅程。这所有的人、事、景都变成了我大学生涯中闪亮亮的一笔，会被记在我们青春的纪念册。同时，我认为这也是一次相当有意义的活动，尤其适合有一定地质背景的相关专业同学参加。希望大家都能把握好身边的机会，度过一个有趣又有意义的大学生涯。